# 公主傳奇 ㊴

## ·尋找萬卡哥哥·

馬翠蘿
麥曉帆　著

新雅文化事業有限公司
www.sunya.com.hk

# 人物簡介

### ◆ 周曉星 ◆

周曉晴的弟弟，一個風趣幽默的淘氣精，不時有天馬行空的奇怪想法。

### ◆ 馬小嵐 ◆

來自香港的烏莎努爾公主，聰明美麗、正直善良。敢於向困難挑戰，最喜歡說的話是「天下事難不倒馬小嵐」。

萬卡

烏莎努爾公國第十九代國王，風度翩翩、英勇果敢。是國民眼中的好君王，小嵐和曉晴曉星心目中的暖心大哥哥。

周曉晴

馬小嵐的好朋友，漂亮活潑，喜歡打扮，最常做的事是和弟弟鬥氣。

# 目錄

# 第一章
# 萬卡國王出事了

嫣明苑的花園裏，柔柔的月光下，各種盛開的花兒散發着芳香。不知名的小蟲兒在唧唧唧地唱着歌，聲音在寂靜的夜晚裏顯得分外響亮。

小嵐和萬卡坐在路燈下的一張靠背椅上，説着悄悄話。

「唉，可惜我不能跟你一塊兒去南山國，聽説那裏瀕臨大海，十分美麗，好想去看看啊！」小嵐一臉惋惜地説。

過兩天就是期中考試，她不能缺席。雖然自己是公主，但也不想弄得特殊化，考試還是要參加的。

萬卡也很想帶着小嵐一起去，出訪有女朋友陪着，公私兼顧，那是多麼令人愉快的事啊！

不過，見到小嵐一臉快快不樂，他只能盡量掩飾着自己的壞心情，安慰道：「不要緊，我這次去南山

國是商談雙方合作問題。這事不是一次半次就能洽談成功的，遲些肯定還會再去，到時我再帶上你。」

「好啊好啊！」小嵐本身是個很容易哄的女孩，她馬上恢復了好心情，「那你什麼時候回來？我去機場接你。」

萬卡説：「這次外訪大約十天左右，定好了回來的時間，我會告訴你的。不過，回來那天多數不是休息日，你要上課，不用來接我了。」

「好的。」小嵐點點頭。

萬卡伸手往口袋裏掏了掏，又笑着對小嵐説，「把手給我。」

「怎麼啦？」小嵐眨眨大眼睛，聽話地伸出了手。

萬卡從口袋裏拿出一條設計精巧的鉑金手鏈，手鏈上掛着一顆小心心，他細心地替小嵐把手鏈戴在手腕上。

「喜歡嗎？」萬卡問。

「喜歡，很喜歡。」萬卡哥哥的禮物，小嵐當然喜歡了。她笑着伸手去摸手鏈上掛着的小心心。

萬卡看着小嵐笑得彎彎的大眼睛，因開心而翹起的嘴角，笑着說：「小嵐，這手鏈上掛着的是我的心，我把自己掛在你手上，賴上你了……」

「想賴上我，休想？」小嵐故意裝出兇兇的樣子，捶了萬卡一下。

萬卡裝模作樣地往後一倒：「哇，小嵐力氣好大，輕輕的一下就把我打倒了！」

「哈哈，你還真有點演戲天分呢！以後不當國王可以去當演員。」小嵐哈哈大笑。

萬卡坐正身子，說：「我送了你禮物，你得還禮啊！」

小嵐在衣袋裏掏了半天，沒找到可以做禮物的東西，突然看到手上什麼東西一閃，心裏一樂，就是你了！

她取下手指上戴着的一隻鑲着一顆小珍珠的戒指。這戒指是早前她陪曉晴去購物時買的，因為她覺得戒指上的心型小珍珠很晶瑩可愛。

「給你！」小嵐把戒指套上了萬卡的手指。

戒指的設計是中性的，男女都可以戴。

「謝謝小嵐！那就讓這顆小心心代表着你吧，你也賴上我了。」萬卡笑嘻嘻地說。

小嵐哈哈笑着：「『賴上萬卡國王』！哈哈，怎麼好像一部小說的名字。」

萬卡笑着揉揉小嵐頭頂的秀髮：「那以後小嵐大作家就寫一部『賴上萬卡國王』的小說，專門給我一個人看。」

小嵐也伸手去揉萬卡的頭髮：「我給所有人看，就是不給你看。」

兩人就這樣你一句我一句地說着傻話，不知不覺時間已是月上中天，十一點多了。

小嵐看了看手錶，說：「萬卡哥哥回去休息吧，你明天上午就要出發呢！」

萬卡點點頭。他看了看小嵐，突然指着天空：「小嵐快看，月亮上有東西！」

小嵐一聽，下意識地抬頭望向月亮，但隨即感到有什麼東西在自己臉頰上碰了一下。急忙扭頭，見到萬卡一臉狡黠地朝她笑。

嗚嗚，自己竟然被偷親了！

小嵐氣得伸手想去掐萬卡的臉，萬卡笑着一溜煙跑了，留下一串話音：「明天早上我來嫣明苑，和你一塊吃早餐！」

　　小嵐見追不上萬卡，一跺腳氣呼呼地喊道：「吃你個頭，沒你的份！」

　　兩天後，小嵐把全部科目都考完了，考得應該還不錯，可以考進班裏前三名。

　　這天晚上，小嵐洗過澡，躺到牀上。外面月色濃濃，透過落地窗紗，把柔柔的光灑在她身上，讓她整個人像在發光。

　　小嵐本來睡眠很好的，每天晚上躺下，不出幾分鐘就能入睡，但今晚不知怎的，久久未能入睡。她把玩着萬卡送她的那條鉑金手鏈，摸着上面的小心心，心想，萬卡哥哥說定好了回來的時間就給自己電話的，他電話也該來了吧？

　　也就那麼巧，一想到萬卡哥哥的電話，手機就響了。小嵐心中一喜，肯定是萬卡哥哥打給她的。她趕緊起牀走向梳妝台，拿起了放在那裏的手機。

　　「喂，是小嵐公主嗎？我是萊爾首相。」對面的

說話聲卻不是萬卡哥哥，而是另一把熟悉的聲音。

萊爾首相？小嵐覺得有點奇怪，這麼晚他找自己幹什麼？

還沒等小嵐開腔，對方已經繼續說話了：「公主殿下，有件事老臣必須告訴您，不過，您千萬要冷靜。」

聽話聽音，小嵐一愣，眼瞳驟然放大，心突然怦怦狂跳，莫非是萬卡哥哥出了什麼事？不會的，不會的！

小嵐一把按住胸口，好像要捂住那顆跳得快要蹦出來的心。

萊爾首相接下來的話卻粉碎了她的僥倖念頭：「今天上午，國王陛下和南山國總理一起乘坐直升機，去參觀南山國位於離島的一個高科技產業園。傍晚回來途中，飛機突然失去控制，從高空墜落大海……」

小嵐整個人呆住了，手機從掌心掉出，「啪」的一聲落在地氈上。

「公主殿下！公主殿下！」電話那頭的萊爾首相

聽到這邊的動靜，連忙喊道，「公主殿下，您怎麼了?!」

過了一會兒，小嵐才清醒過來，她一把抓起手機，聲音顫抖地問：「那機上的人……」

萊爾首相聲音沉重：「南山國立刻出動了五十艘救生船，以及千多名救生員，在海上搜索，目前已找到飛機部分殘骸，還有……四具屍體。」

小嵐只覺得大腦缺氧、呼吸困難，她大口大口地吸着氣。她想哭，但又哭不出來。

「出事時機上有五名乘客。已找到的四名遇難者包括機上的南山國總理及兩名保鑣，以及駕駛員。國王陛下，至今未有消息。」萊爾首相的聲音很沉重。

小嵐閉着眼睛，手按住胸口，她很難過，為遇難的人默哀，也為國王的失蹤感到揪心。萬卡哥哥，你還安好嗎？

她努力讓自己紛亂的腦子平靜些，讓自己的心跳不那麼急促。過了一會兒才說：「首相先生，請您繼續搜救尋找國王，絕不能放棄。辛苦你了！」

「我一定會繼續找的。」萊爾首相停了一會兒，

似乎有什麼話難以啟齒，過了一會兒才聲音低沉地說，「小嵐公主，據南山國的搜救專家分析，從飛機出事時的高度，以及飛機出事後的機身損毀程度，還有飛機失事已過去十多個小時，專家讓我們做好思想準備，機上人員的生存機會⋯⋯很微。」

「啊！不會的，不會的！」小嵐只覺得心裏陣陣發冷，冷得像整個人掉進了冰窟窿裏，渾身都在打戰，她咬了咬牙，聲音大得連她自己都吃驚，「國王一定還活着，他會沒事的。」

「我也希望是這樣。」萊爾首相喃喃着。

小嵐的聲音變得堅定：「首相先生，搜救工作就辛苦您了。我會儘快前往南山國，參與搜救。」

「公主殿下⋯⋯」萊爾首相想要反對，國王出了事，公主更要留在國內，應付突發狀況。但他想想以公主倔強的性格，也不是他可以勸阻的，也就不再說話了。

而小嵐這邊顯然也沒給機會他提出異議，接着說：「國王失蹤的事，務必先瞞着，免得引起不必要的恐慌。」

「我知道。所以除了代表團個別成員外，國內只有你一人知道這件事。我這邊已和南山國國王達成共識，讓所有知情者保守秘密，現在連參與救援的人員都不知道出事的是什麼人。」萊爾首相說道。

小嵐說：「您做得很好！我會把事情告訴賓羅大臣，讓他留意着事態發展，並做好準備，提防萬一消息洩露，會出現意想不到的狀況。」

跟烏莎努爾接壤的黑森國，近來時不時派出軍艦在千沙島及附近海域出沒，顯露出侵略者的狼子野心。只是顧忌烏莎努爾在萬卡國王領導下，全國一心，所以他們才不敢隨便輕舉妄動。如果他們知道萬卡國王出事，那就難保他們不趁機發難。

小嵐和萊爾首相結束通話後，馬上在網上預訂了第二天最早的機票。她不想坐皇家二號，那樣驚動太大。

訂好了第二天早上七點零三分的機票後，她打了個電話給賓羅外交大臣。

那位小嵐尊敬的慈祥又睿智的老人，聽了萬卡國王出事的消息後頓時呆住，說不出一句話。過了好一

會兒，才説：「公主殿下，你放心去吧。這裏有我守着，沒事的。我在這裏等着你和國王陛下一起歸來。」

小嵐一直撐着沒哭，她要自己堅強，要自己挺住，但聽了老人這話，她卻忍不住了，喊了聲「賓羅伯伯」，便淚如泉湧、痛哭失聲。

「好孩子，不哭，不哭！」賓羅大臣的聲音帶着一點哽咽，他也十分難受。萬卡是他看着長大的，小嵐是他親自從香港帶來烏莎努爾的，無兒無女的他，心目中早把他們當成是自己孩子。

「公主殿下，沒事的，沒事的。我和你一樣，不相信國王陛下會離開我們。國王陛下自出生就多災多難，但他都勇敢地活下來了，還那麼優秀，他怎麼會就這樣離去呢？」賓羅大臣説着，聲音越來越堅定，「國內的事有我，你放心去找國王吧，我不會讓烏莎努爾有事的。黑森國在邊境頻頻生事，我會讓人密切監視的。公主殿下，去吧，烏莎努爾民眾等着你們回來。」

「好！」小嵐抹去眼淚，重重地點了點頭。

## 第二章

# 夢中的萬卡哥哥

　　第二天清晨，當嫣明苑裏的大多數人還在熟睡時，小嵐便拿着簡單行李，一個人悄悄地離開了嫣明苑，坐出租車前往機場。

　　在出租車上，她給好朋友曉晴、曉星，還有女管家瑪亞留了手機訊息，説是前往南山國與國王會合，一起參加訪問團活動。

　　以她跟曉星和曉晴的關係，本來是不需要保密的，但她知道這兩姊弟一旦曉得萬卡哥哥出事，一定會不顧一切地跟着她去南山國，所以不能跟他們説實話。

　　小嵐還給遠在南山國的萊爾首相發了訊息，告知自己所乘航班到達的時間，讓他派人去接機。另外她又叮囑萊爾首相，為保密起見，不要把自己前往的事告訴南山國當局，讓她以烏莎努爾一名工作人員的身

分出現在搜救隊伍。

坐上飛機，小嵐把躺椅放下，想小睡一會兒。因為她一個晚上都沒睡好，只要一合眼，就看到生死不知的萬卡哥哥，心裏就難受得像有刀子在割似的。

飛機的頭等艙很安靜，座椅也很寬敞舒服，但小嵐卻輾轉睡不着。擔心着萬卡哥哥，也憂慮着烏莎努爾的安危。

黑森國從歷史上就屢有侵略行為，至今狼子野心不死。

小嵐自從來到烏莎努爾之後，早已把這裏當成了自己的第二祖國，所以她也熟讀了烏莎努爾的歷史。

一百年多前，烏莎努爾弱小，黑森國強大，所以烏莎努爾經常被黑森國統治者派軍隊侵犯。在一次慘烈的戰鬥後，黑森國強佔了烏莎努爾的沿海城市多善市，以及其附屬島嶼。

六十多年前，黑森國又再發動戰爭，給烏莎努爾帶來又一次深重災難。烏莎努爾人民奮起反抗，經過難苦的六年抗戰，終於打敗了黑森國，並以戰勝國的身分，強令黑森國歸還了當年強佔的一個臨海城市及

其附屬島嶼千沙島。

　　黑森國政府作為戰敗國，沒有好好總結歷史經驗教訓，他們蟄伏了一段漫長歲月之後，賊心不死，前些時候又蠢蠢欲動，把黑手伸到千沙羣島，說什麼千沙島在四百年前就有黑森人生活居住，比烏國人還早，所以應該屬於黑森國。還派兵逮捕了登上千沙島的烏莎努爾人。後來是小嵐找到了千沙島屬於烏莎努爾的鐵證，才粉碎了黑森國的陰謀詭計，讓他們再次認輸。

　　但黑森國侵略野心不死，始終對擁有豐富石油資源的烏莎努爾虎視眈眈。近幾個月，黑森國的戰艦頻頻出現在烏莎努爾領海附近，彷彿一頭兇猛的惡鯊，隨時會張開血盆大口，把烏莎努爾咬去一大口。

　　萬一被黑森國知道萬卡國王出事，一定趁機出動，後果不堪設想。

　　小嵐在飛機上經過了難熬的五個多小時，終於到達了南山國。一男一女兩名代表團成員來接機，本來打算先送小嵐到下榻的酒店的，但小嵐一刻也不想耽擱，讓吩咐把她送去搜救現場。

一艘正在大海上緩緩前行的大型搜救船上，萊爾首相正手拿望遠鏡，望向遠方。忽然見到頭頂上一架直升機緩緩靠近，還拋下了一掛繩梯，他便猜到可能是小嵐來了。一會兒果然見到小嵐背着個小背囊，從直升機上爬下來，他忙迎了上去，低低地喚了一聲：「公主殿下，您來了。」

　　一向風度翩翩很有貴族氣質的萊爾首相好像變了個人，他一身淺灰色西裝沾了不少髒東西，頭髮亂糟糟的，眼裏布滿血絲，兩個大大的黑眼圈顯示着睡眠嚴重不足，相信自從國王出事後，他就沒休息過。

　　雖然知道沒有什麼新消息，小嵐還是抱着一絲希望問道：「怎麼樣？」

　　萊爾首相説話時聲音嘶啞：「南山國出動了更多搜救船和潛水員，並派出二十架直升機，還有三架定翼機，大範圍展開搜索。到目前為止，已經對十多萬平方公里的海域進行了拉網式搜索，並利用專業儀器對水下區域進行了掃測，但目前仍未發現與國王陛下有關的線索，現時搜救隊伍在不斷地擴大搜索範圍……」

小嵐低聲問：「專家對目前情況的分析是怎樣的？」

萊爾首相說：「由於這一帶海域水很深，而且海底地勢複雜，無論是儀器掃測，或者是專業潛水員下水尋找，都無法把所有地方都搜一遍。專家估計，如果國王陛下遇難沉沒到水底，那能尋到的機會很微。現在希望是國王陛下隨着水流，漂流到了別的地方，或者是登上了無人的孤島，或者是被人救了……」

小嵐黯然的目光突然一亮，聲音無比堅定地說：「我相信一定是我們希望的那種情況。國王一定還活着，一定還活着。」

萊爾雙手合十，喃喃說道：「願上天保佑我王！」

小嵐想了想又問：「失事原因查到了嗎？」

「沒那麼快。根據《國際民用航空公約》規定，要求事故發生後的一個月內出具初步的事故調查報告，而最終報告完成需要多方參與，具體可能要在事故一年甚至數年後才完成。不過這次事件牽涉一位國王，一位總理，相信完成時間會短些。」萊爾首相

説。

　小嵐點了點頭，心情很糟糕。她問萊爾首相要來了望遠鏡，站在船欄邊，望向遠方海域。海洋是美麗的，深藍色的海面，在陽光照耀下，就像一塊巨大的藍色翡翠。但是，小嵐沒心情去欣賞這些，她只是盡量去搜尋視線能到達的每一處地方，希望能發現萬卡哥哥的身影。

　直到黑暗籠罩了海面，搜救船仍在緩緩行駛着，搜索着，直到半夜時分，才停了下來，泊在一個小碼頭上。

　參與搜救的人都累壞了，船上很快陷入一片寂靜，所有人都睡了。聽萊爾首相說，這些人已經兩天兩夜沒有休息。

　小嵐躺在牀上輾轉反側，直到半夜才入睡。但她睡得很不安穩，頻頻做惡夢。夢裏她看到某處海邊，萬卡哥哥拚命爬向沙灘，但海浪不斷湧上來，一個浪接着一個浪，眼看那人快要掉回大海裏……

　「萬卡哥哥！」小嵐大叫一聲，醒了過來。

　她猛地坐起來，只覺得渾身冷汗浸濕了衣服。

小嵐跳下牀就要去找萊爾首相，馬上開船去救萬卡哥哥。但到了萊爾首相的房間門口，她又猛然想起，那畢竟只是毫無依據的一個夢，用這個夢去驚擾船上那些二十多小時沒休息過的人，她不忍心。於是，她作了一個決定，決定自己一個人去找。

　　她背上了自己的小背囊，悄悄地來到甲板上。船體旁邊，懸掛着好幾艘小型搜救船，她挑了其中一艘，使勁搖動手柄，讓船慢慢落到海面上，然後她攀着繩梯往下走，跳到搜救船上。

　　小嵐很慶幸，曾經跟萬卡哥哥學過小型船隻駕駛，她坐到駕駛室，順利地把船開動了。

　　這時她盡量靠近海岸行駛，靠着船上射燈的光線，搜索着沿岸沙灘，一路尋找，但毫無發現。想起夢中的萬卡哥哥身處險境，她的心都急得揪成一團了。萬卡哥哥，你在哪裏？你究竟在哪裏？

　　這時夜色已漸漸消退，東方露出魚肚白，視野也能看得遠了些，她突然發現了前面沙灘上，好像有個人……

　　莫非是一夜沒睡，眼花了吧？

小嵐擦了擦眼睛，啊，是真的，她沒看錯！

她的心在狂跳着，把船駛近一點，看到了，是一個人，一個呈「大」字形俯伏在沙灘上的人。那人的一半身子被海水沖刷着，看上去隨時會被海水捲進大海。小嵐心跳如雷，萬卡哥哥，是你嗎？

不管是誰，救人要緊！

因為這裏不是碼頭，船不能太靠近，否則會擱淺。小嵐停了船，跳下水，拚命往海灘游去。

由於兩晚都沒睡好，小嵐游着游着，覺得有點力不從心了。身上使不出勁，身體在海浪中起伏浮沉，無法控制。只是當她看到不遠處快被海浪捲走的那個人，就又咬緊牙關，用盡力氣游向沙灘。

終於游到了那片海灘，游向了那個人。是你嗎？是你嗎萬卡哥哥？

那人趴在沙灘上，一動不動，雙眼緊閉，已陷入昏迷。小嵐一眼就認出了，正是萬卡哥哥！

她又驚又喜，立刻撲了過去，萬卡哥哥身體冰冷，幸好還有呼吸，只是昏迷了。

小嵐心裏一鬆，頓時覺得全身連一絲力氣都沒有

了，一屁股坐在了沙灘上，覺得連動一動手指的力氣都沒有了。

眼看着海浪一個接一個湧來，把萬卡的身體往前推一點，但浪退回時，卻把萬卡的身體往海裏推出更多，好像不把他捲回大海絕不罷休似的。

不行，一定要馬上把萬卡哥哥拉到安全的地方。小嵐用盡全身力氣爬起來，拉住萬卡的兩隻手，拚命往岸上拉，拉……

身上背着的小背囊有些礙事，小嵐拿了下來，扔向一塊大礁石上。沒扔準，背囊「啪」一聲落在礁石後面，小嵐也顧不上了，拉起萬卡的手，一寸一寸地挪，終於把他拉到了安全的地方。

小嵐也累壞了，她坐在沙灘上呼呼喘氣，好不容易緩過氣來，她想打個電話給萊爾首相，卻又想起背囊扔在礁石後面了，只好鼓足氣力站起來，蹣跚着走向礁石背後。

還好背囊還在，沒被水衝走，她彎下腰去拿背囊，卻突然感到頭昏眼花，身子一歪，昏倒在水邊。

不一會兒，沙灘上慢慢走來了一個少女，她大約

十九二十歲的樣子，身材苗條，長相秀美。她很快發現了萬卡，急急地朝他跑了過去，蹲在他身邊。

少女突然用手捂住了嘴，雙眼瞪圓，好像發現了什麼不可思議的事。接着又露出喜悅的神情，她站起身，喊了一聲什麼，很快跑來了兩個年輕女子。

其中一名年輕女子把萬卡背了起來，一行人急急走到一輛沙灘車旁，把萬卡輕輕放在座椅上。那幾個人隨即也上了車，沙灘車緩緩開走了。

那幾個人自始自終都沒有發現昏倒在礁石後面的小嵐。

# 第三章

# 遇見畫家羅爾泰

　　海水還是一浪接一地湧上沙灘，讓小嵐的處境有點危險，再過一會兒，很可能她會被捲進海裏。

　　幸好，沒多久小嵐就醒了。她睜開眼，呆了呆，但很快又想起了什麼，猛地扭頭看向萬卡哥哥躺着的地方，可是，沒有人！

　　萬卡哥哥呢？小嵐大驚失色。

　　她拿起背囊，強撐着無力的身體爬起來四處張望，可是目光所及的地方，根本沒有萬卡哥哥的蹤影。

　　他被海水捲進海裏了嗎？想想又覺得不會。因為自己呆的地方比萬卡哥哥還要靠近水邊，自己沒被海水衝走，那萬卡哥哥就肯定不會了。

　　他自個兒走了嗎？也不會。他剛剛還昏迷着，即使醒來了也不可能走得這麼快，連個影兒都看不到。

小嵐走到之前萬卡躺着的地方，只見多了許多亂糟糟的鞋印，鞋印有大有小，鞋底的花紋也不相同，看上去起碼有三四個人來過。

　　小嵐緊張地思考着，一定是有人把萬卡哥哥帶走了。如果是好人還好，等萬卡哥哥醒來，就能通知自己，通知代表團，就能很快收到好消息。

　　但萬一是壞人呢？

　　墜機的原因還沒查到，也不排除是有人想要害死萬卡哥哥。如果這些人發現萬卡哥哥沒死，一路窮追不捨，追到了這裏……

　　天哪！小嵐不敢想下去了。都怪自己，如果不是去找那個背囊，自己就或者不會昏倒，就能守護着萬卡哥哥，直到搜救的人到來。

　　小嵐後悔不已、心急如焚，她一邊流着淚，一邊瘋了似的跟着沙灘上那些腳印跑。跑着跑着，腳印不見了，變成了車輪印子，她又跟着車輪的印子跑，跑啊跑啊，跑到了一個開闊地帶，那裏有一堆亂七八糟的腳印，然後就沒了任何痕跡，人好像憑空消失了一樣。

小嵐心力交瘁，一下子跪倒地上。她心裏很絕望。萬卡哥哥，對不起，我把你弄丟了！

她雙手捂住臉，放聲大哭。

不知哭了多久，她突然聽到頭頂上響起一把聲音：「你怎麼了？有什麼需要幫忙嗎？」

小嵐慢慢抬起頭，淚眼模糊中，她看到有個人蹲在面前，那人竟是⋯⋯她不禁啊地叫了起來：「萬卡哥哥！」

她一把抓住面前那人的手，激動地喊着：「是你嗎？萬卡哥哥！你剛才去哪兒了，我找得你好慘！」

面前的人沒出聲，只是驚訝地看着小嵐。

小嵐覺得有點不對，萬卡哥哥怎麼是這種反應？她擦了擦眼睛，再仔細看看那人的臉，的確跟萬卡哥哥有七八分相似。但顯然不是萬卡哥哥。

小嵐的心一下子沉到了谷底，心情沮喪到了極點。他不是萬卡哥哥，萬卡哥哥去哪兒了呢？

她趕緊放開那人的手，低着頭說：「對不起，我認錯人了，你不是萬卡哥哥。」

那年輕人好像有點尷尬地咳了一聲：「我的確不

叫萬卡，我叫羅爾泰。」

羅爾泰把背在身後的背囊和畫夾拿下來放在地上，然後在小嵐身邊坐了下來：「這邊海灘很少遊人來的，你一個女孩子待在這裏不安全，我就陪陪你吧！萬卡哥哥是你的親人嗎？他失蹤了？你跟我說說，看能不能幫到你。」

小嵐搖搖頭。她並不知道對方是什麼人，不想跟他說太多。

羅爾泰從背囊裏拿出一個東芒國身分證，遞給小嵐看：「我不是壞人。你看，我有身分證的。你可以記住我的證件資料，萬一我對你使壞，你報警抓我。」

小嵐瞅了一眼，那上面果然是羅爾泰的照片和姓名、出生年月。這傢伙竟然跟萬卡哥哥同年同月生，只是小了十來天。

羅爾泰又拿起畫夾，打開，取出裏面夾着的幾幅風景油畫，說：「我是個畫家，你看，這是我畫的畫。我今天一大早出來，就是想在海邊找個地方坐下來畫畫，沒想到看見你在哭。」

小嵐看了看那些畫，驚訝地揚起了眉毛，羅爾泰的畫畫得非常好，在畫家中也算得上是佼佼者了。這時她開始相信羅爾泰的話，相信他不是壞人了。一個畫畫這麼好的人，應該不是壞人，何況他還這麼像萬卡哥哥。

　　「羅爾泰你好！」小嵐難受地說，「是這樣的，我哥哥前天飛機失事，失蹤了……」

　　小嵐把事情告訴了羅爾泰，但她隱瞞了萬卡的身分，只含糊地說是一個外國代表團的成員。

　　有直升機墜海的事羅爾泰也知道，電視新聞有報道。聽完小嵐的話，知道小嵐哥哥出事，他深表同情。他說：「這裏是直升機的升降地點，腳印和輪胎痕到這裏不見了，那肯定是有人把你哥哥帶上了直升機，飛走了。」

　　「啊，原來是這樣！」小嵐眼睛一亮，滿懷希望地問羅爾泰，「會不會是發現哥哥的人，用直升機把我哥哥送去醫院了？」

　　羅爾泰搖搖頭說：「我覺得不會。我在這裏畫畫寫生，對這一帶也有點熟悉了，這附近就有一家醫

院，根本用不到直升機。你看，那幢白色的六層高的大樓，就是醫院。」

小嵐看向羅爾泰指着地方，果然看見了不遠處那座醫院大樓，大樓的頂層還掛着四個很醒目的大字——臨海醫院。她的心頓時涼了半截：「究竟是些什麼人，不是第一時間把昏迷的萬卡哥哥送去就近醫院，而是用直升機把他帶走！這究竟是怎麼一回事？」

羅爾泰見到小嵐焦慮的樣子，説：「你帶我去你哥哥失蹤的地方看看，看能不能找到一點蛛絲馬跡。」

小嵐「嗯」了聲，帶着羅爾泰回到了之前發現萬卡哥的地方。

兩人細看沙灘上留下的痕跡。因為時間還早，這裏又比較偏僻，不是一般人喜歡到的地方，所以現場還沒給破壞。

突然，小嵐眼睛被地上什麼耀眼的東西閃了一下，她走過去，俯下身子，撿起了一枚銀色徽章。徽章還很新很乾淨，顯然是剛剛掉落在沙灘上的。

「羅爾泰，你來看看，這很可能是昨天帶走萬卡

34

哥哥的人丟落的。」小嵐朝羅爾泰招招手。

羅爾泰走了過來，接過徽章。小嵐發現，當羅爾泰看清上面的圖案時，眼睛「嗖」地睜大了，顯然他知道這枚徽章的來歷。

小嵐見到羅爾泰的異樣神情，不禁問：「你見過這徽章？」

羅爾泰看了看小嵐，心裏佩服這女孩子的觀察細微，他點點頭：「是。這是圖也國的一個百年貴族，惠士登家族的族徽。」

「圖也國？」

小嵐知道圖也國。這個國家歷史悠久，而且很富有。有着一千多年的歷史，是世界上十大富有國家之一。

圖也國還是一個永久中立國。什麼是永久中立國呢？一句話就是：不會去侵略別國，但別國也別來惹我。這是因為圖也國有着雄厚的經濟實力，以及強大的軍事實力和科技實力，這是他們最大的依仗。

這個國家也很封閉，很少去關心別國的事，關上門過好自己的日子就行。反正他們自然資源非常豐

富，種類全，儲量大，完全可以自給自足。

小嵐想，作為這樣一個國家，這樣一個國家裏的百年貴族的人，當他們在外國發現了遇險昏迷者，正常來說一定會按部就班，通知本地救護車到來，讓救護車把人送去醫院。而不是像現在這樣，千里迢迢把人帶回他們國家。這太不正常了！

難道他們知道了南山國飛機失事的事情，用直升機把萬卡哥哥送回了南山國？小嵐對羅爾泰說：「我想問問搜救部門，如果帶走哥哥的是好人，他們已經把哥哥送到安全處，那搜救部門一定會收到消息的。我打個電話問問。」

羅爾泰說：「請便，你打吧！」

羅爾泰說完，很禮貌地走到了一邊。不打擾小嵐打電話。

小嵐撥了萊爾首相的電話號碼。對方很快響鈴，又很快有人接了。

「喂，小嵐公主？早上好！」傳來萊爾首相有點黯啞的聲音。

「首相大人，有萬卡哥哥的消息嗎？」小嵐問。

「唉，還沒有呢。」萊爾首相歎了口氣。

「哦。」小嵐很失望。

那些人沒有把萬卡哥哥送回南山國。那就是帶回圖也國了。他們究竟想做什麼？他們跟這次飛機失事有沒有什麼關聯？

把這事跟萊爾首相說嗎？讓萊爾首相向圖也國發出外交照會，查問惠士登家族的人帶走國王一事，要求馬上把人送還？以圖也國政府一向傲視同羣，一向「護犢子」的所為，一定不會理會的，而小嵐這裏又沒有確鑿證據。到那時，如果惠士登家族不懷好意，那萬卡哥哥就更危險了。

而還有一個危險是，這樣做就等於把萬卡哥哥失蹤的事公開了，那黑森國一定不會放過這機會。

小嵐正在想着，又聽到萊爾首相說：「公主殿下，有件事得讓您知道，剛剛收到國內傳來消息，黑森國在海域邊境的挑釁突然升級了，不知是不是國王的消息外洩……」

小嵐聽着聽着，臉上的表情越來越凝重，不能等了，她決定自己馬上去一趟圖也國找萬卡哥哥。但是

要找個什麼理由跟萊爾首相說一聲。否則，到時國王還沒找到，公主又不見了，萊爾首相會瘋掉的。

於是，小嵐對萊爾首相說：「首相大人，我現在不在船上。」

萊爾首相嚇了一跳，說：「啊，什麼？你不在船上？我還以為你在船艙睡覺呢，你去哪兒了？」

小嵐撒了個謊：「我天不亮時上了岸，觀察環境，沒想到遇見一位朋友，他是開私人搜救公司的。他答應馬上組織一支隊伍，幫忙在沿岸海灘尋人，我決定跟他們一起，所以暫時不回船上去了。如果萬卡哥哥有消息您馬上告訴我。」

「啊！」萊爾首相一下慌亂起來了，他很不放心讓小嵐離開他的視線，「公主，異國他鄉的，你最好別獨自行動……」

小嵐急忙打斷他的話：「首相大人，您別擔心，我不會有事的。就這樣吧！」小嵐怕萊爾首相阻撓，急忙關了電話。

小嵐心想，異國他鄉有什麼好怕的，要是首相知道她一個人在異時空都呆過，豈不嚇個半死？

## 第四章

# 萬卡哥哥，你不認識我了？

小嵐下了決心去圖也國找萬卡哥哥，她對羅爾泰說：「謝謝你提供的寶貴線索。我現在就去圖也國，追查哥哥消息。很慶幸能認識你，再見！」

「你一個人去？」羅爾泰訝異地睜大了雙眼。他上下打量着小嵐，好像要重新認識面前這女孩。

「對！」小嵐點頭答道，「天下無難事，只怕有心人。既然惠士登是一個有名的家族，那他們的一舉一動就會很引人注目，如果真是他們把萬卡哥哥帶了回去，總會露出一些蛛絲馬跡的。我直接去打探一下。」

她打開手機上，準備網購往圖也國最快起飛的機票。

羅爾泰見了，説：「不用買了，我幫你。」

羅爾泰他掏出手機，打了個電話。

「喂，羅一嗎？你馬上把直升機開來接我，我要送朋友到圖也國。現在發我的位置給你。」

小嵐眼睛睜得大大的，現在的畫家都這麼有錢嗎？會擁有自己的直升機。

羅爾泰放好電話，說：「稍等，飛機很快來了。」

「太感謝了！」小嵐由衷地表達謝意。

有了直升機，就能儘快趕到圖也國。萍水相逢，羅爾泰竟然這樣幫她，她心裏很感激，很感動。

羅爾泰笑笑說：「如果把我當朋友，就別客氣。救人如救火，時間就是生命，我也希望你能早點找回哥哥。」

「羅爾泰，你真好！有了你的幫助，我對找到萬卡哥哥更有信心了。」小嵐說。

羅爾泰說：「別誇我，我可是會驕傲的。走吧，我們去升降點等着。」

羅爾泰帶着小嵐走了一會兒，來到了之前到過的那處開闊地方。

等待的時候，小嵐向羅爾泰了解惠士登家族的情

況。

　原來，圖也國有十個貴族家族，惠士登家族是其中的一個。說來也好笑，這圖也國人不缺錢，便去爭權，爭地位。比如國內的八大貴族，就明裏暗裏的爭做第一大家族，每五年一次的排位變動，都爭得頭破血流。

　惠士登家族歷史悠久，排名一向很高，但可惜從沒有登上過第一名。有一年，他們家族出了一位王后，那位王后在位期間，他們終於成為了國內第一貴族，地位顯赫、風光無限。

　只是他們家族已經有幾十年沒出過王后了，所以長期在徘徊在貴族榜第二或第三位。

　羅爾泰的手下辦事效率太高了，他們才說了一會兒話，就聽到空中的轟響，一架線條流暢的小型直升機就出現了，很快降落在開闊地上。

　一名高大魁梧的年輕男人從直升機上跳了下來，他走到羅爾泰面前鞠了一躬，說：「少爺，可以登機了。」

　「羅一，做得好。」羅爾泰拍了拍那年輕男人的

臂膀，然後拉着小嵐上了直升機。戴好安全帶後，羅爾泰又遞給小嵐一個耳機，讓她戴上。

因為直升機內的噪音很大，如果不戴耳機，會令人非常難受。另外也便於機內通話，由於機內噪音大，想跟別人說話，如果不用耳機，就得對着那人的耳朵大喊才能勉強聽到。戴耳機還有便於機長指揮及通知乘客注意事項。

直升機在轟鳴聲中升上了空中。機艙裏除了羅一外，還有羅爾泰另一名手下，名叫羅七的壯實中年人。小嵐覺得很有趣，怎麼會有給自己手下用數字起名字的。要是手下超過了一百名，豈不就要叫做羅一百零一，羅一百零二……

雖然有耳機，但說話也挺不方便的，所以小嵐和羅爾泰在飛機上也沒怎麼交流。幸好這直升機的功能相當棒，只用了兩小時就飛到了圖也國。

羅爾泰一直把小嵐送到了碧澄大酒店的頂樓停機坪，然後就離開了。

小嵐順利地入住了酒店房間。身上泡過海水又被曬乾，令她渾身難受，於是趕緊洗過澡換下衣服，才

打電話讓酒店餐廳送餐。

小嵐早餐、午飯都還沒吃，本來肚子已是空空的。但她心裏掂掛着萬卡哥哥，也沒什麼胃口，只是想到還要有充足的精神去打探尋人，就勉強地把飯餐吃了大半。

侍應來收走餐具後，小嵐就上網查到了惠士登家族的居住地——惠士登莊園的具體地點，然後就出門了。

惠士登莊園在遠離市中心的郊區，小嵐召了一輛出租車，經過大半小時的車程，到了目的地。

小嵐讓司機在離惠士登莊園幾十米外的地方停下。

惠士登莊園很大，被兩米多高的圍牆圍了起來。入口是一道通花大鐵門，遠遠望去，可以見到大鐵門裏是一條七八米寬的路，往裏面延伸一段之後就拐了彎，只看到一排密密的樹木，樹木遮擋了視線，讓站在大門外的人無法看到裏面的情況，只見到樹梢上露出的城堡的一截尖頂。

小嵐正在觀察着，突然聽到一陣馬蹄聲，由遠而

近，她扭頭一看，見到一輛豪華馬車正在迅速靠近。

小嵐心想，沒想到圖也國的這些貴族也喜歡坐馬車。她扭回頭，正想避到一邊，免得被馬車撞到。眼尾一瞥，見到馬車裏坐着的一個人，頓時愣住了。

萬卡哥哥？是萬卡哥哥！

驚喜之下，她像被施了定身法一樣，呆在路中間，不懂得作出任何反應。

馬車迅速朝她奔來，險險地擦過她身邊，又朝前跑去。站在馬車後面的保鏢扔下一句罵聲：「找死！」

呆愣中的小嵐清楚地見到，車子經過時，車裏坐着的人，扭頭冷冷地朝她看了一眼。那沒有任何溫度的目光，就像在看一個陌生人。

小嵐愣愣地看着馬車後面惠士登家族的金色族徽，心裏驚詫又茫然。萬卡哥哥，你怎麼了，你把我忘記了嗎？

不，萬卡哥哥不是這樣的人，他不會忘記我的。難道他不是萬卡哥哥，他只是一個跟萬卡哥哥很像的一個人？

不可能！他一定是萬卡哥哥！

但如果他是萬卡哥哥，他為什麼要用樣的眼神看自己？還有，他既然清醒了，為什麼不回國，也不跟自己聯絡？

小嵐心裏百轉千迴，怎麼也想不明白。她快步跑向馬車，她想攔住馬車，她有很多話要問萬卡哥哥。

這時馬車已經轆轆地走近惠士登莊園，大鐵門緩緩地自動打開了，馬車隨即駛了進去，大門又自動關上了。

小嵐無奈地站在鐵門前面，看着那漸行漸遠的馬車，實在想不到原因。難道是萬卡哥哥身處危險之中，他不想連累自己，所以裝着不認識。一定是這樣！

怎樣才能進入惠士登莊園，找到萬卡哥哥，救出萬卡哥哥呢？

突然，貼在牆上的一張告示吸引了她的目光。那是一張惠士登莊園的招聘告示，要招聘兩名廚房洗碗女僕。小嵐眼睛一亮，如果自己能去廚房做工，不就可以進入莊園了嗎？

對，就這樣辦！

小嵐掏出手機，按着告示上面的聯絡電話號碼，打了出去。

「喂，哪位？」電話那頭傳來一把女聲，那聲音很是威嚴。

「你好！我是來應聘洗碗工作的。」小嵐說。

「你明天上午九點來面試吧！來惠士登莊園的小側門，按門鈴，有人帶你進來的。記住，明天上午九點，過時不候。」

「好的，我一定準時到。謝謝你。」小嵐急忙說。

小嵐話沒說完，對方就掛斷了電話。

小嵐聳了聳肩，貴族莊園的人，就得這麼傲慢嗎？我媽明苑的人，都沒有這樣的。

回酒店的路上，小嵐去一家商場逛了逛，買了兩套便宜的衣服。她帶來的幾身衣服都是名牌的，不能穿着去見工。人家看見你一身昂貴名牌衣服來應聘廚房小工，會認為你是來搗亂的，肯定不會請你。

# 第五章

## 洗碗女工朱小嵐

第二天早上，小嵐換了一身廉價衣服出門了。到莊園的路沒有公共交通工具，因為一般住那些地方的人都是有私家車的，所以小嵐又截了輛出租車，往惠士登莊園而去。

到達莊園側門時，還差十分鐘就九點了，小嵐趕緊按了門鈴。有一名男僕人出來開了門，問明來意，便讓小嵐上了一輛小小的機動車，往城堡駛去。

到了城堡，男僕人把小嵐帶進了一個房間，讓她等着，自己就走了。小嵐見到房間裏坐着的還有三個人，都是女的，兩名中年人，一名大約二十歲上下的年輕人，想必都是來應聘的。

年輕女子和其中一名中年女人，看着小嵐的眼光都很不友好，可能是見她年少漂亮，很大可能搶了其中一個名額吧！

另一名中年女子有點微胖，圓圓的臉上笑容很燦爛，她朝小嵐點了點頭，釋放善意，小嵐也笑着朝她點點頭。至於另外兩名，小嵐也懶得理了。不友好就不友好吧，由她們去。

十點正，一名五十多歲的女人走了進來，把四個人掃了一眼，說：「來得倒是準時。」

四名應聘者知道這就是決定她們能否留下的人，都馬上站了起來。那女人說：「我是惠士登莊園的管家，你們可以叫我柏太太。」

「柏太太好！」應聘的四個人異口同聲說。

「嗯。」柏太太點點頭，開始逐個檢查身分證明文件，並問些簡單個人情況。

小嵐當然不能說自己的真實身分。為了出行方便，她讓萬卡哥哥給她辦了兩個身分證，一個身分是公主馬小嵐，另外一個身分是普通公民朱小嵐——她在明代當公主時的名字。

小嵐告訴柏太太，自己是來烏莎努爾留學的，因為要熟悉這邊情況，所以在開學前半年就過來適應。來應聘的目的，一方面是學習融入這個社會，另一方

面也掙些生活費。

　　柏太太跟四人簡單交流過，便決定留下小嵐和那個笑容燦爛的名叫英子的中年女人。兩名落選的見工者一臉晦氣，那個中年女人臨離開時還狠狠地瞪了小嵐兩人一眼。

　　「好了，你們兩個現在就開始工作，工錢就由今天算起。」柏太太說。

　　「是。」小嵐和英子都點頭應允。

　　「跟我來！」柏太太讓兩人跟在自己後面。

　　廚房就在面試地點的旁邊，柏太太推開廚房的大門，就聽到一陣嘈雜的聲音傳來——刀子在砧板切東西的聲音，洗菜洗碗的聲音，鑊子觸碰鐵鍋的聲音，人們說話的聲音……

　　當然，還有廚房裏特有的氣味，油香、肉香、菜香，還有例如魚的腥味、調味料氣味，全都撲面而來。

　　「麻喜，給你兩個洗碗工。」柏太太喊道。

　　一個高瘦女人應聲走過來。柏太太對她說：「人交給你了，你跟她們說說規矩，再安排她們工作。這

小的叫小嵐，大的叫英子。」

柏太太說完便轉身離開了。

麻喜快四十的樣子，臉型偏瘦長，下巴很尖，有點往外突出。眼睛呈三角型，嘴唇薄薄的，這臉容看上去給人有點刻薄的感覺。她眼睛骨碌碌地上下打量了一下兩人，目光在小嵐那張漂亮的臉孔上停多了一會，臉上有點不悅。也許她自己長得不好看，所以特別忌恨長得美的人。

小嵐並不知道自己什麼也沒做，什麼也沒說，就得罪了自己的直屬上司，她跟着阿順和英子，喚了一聲「麻小姐」。

麻喜收回目光，然後牽動兩片薄唇「巴啦巴啦」地把有關規矩說了一通，那些條文聽得小嵐頭腦發脹，到頭來只記住了一條，早上五點半就要來到廚房工作。

麻喜說完，就帶她們上了一處閣樓，說：「這段時間你們就住這裏了。」

閣樓布置簡單，有兩張單人牀，兩套桌椅，靠牆有個小衣櫃。

麻喜指指牀上的廚房制服，説：「以後上工都要穿上制服。今天小姐設宴請客，有很多客人來，你們趕緊換了衣服，開始工作。我在門口等你們。」

小嵐拿起那套制服，設計像連衣裙，腰間有條帶子束着，腰對下左右各有一個大大的口袋，模樣很像電影裏的英國貴族家女僕的制服。小嵐心想，這惠士登家族也挺英國風的。

小嵐直接把制服套上，只是拿着一頂軟帽不知怎樣戴才好。這時英子已經穿好衣服，戴好帽子。她見到小嵐看着帽子一臉的糾結，便過來幫她戴上。

兩人穿戴好打開門，站在門口的麻喜一見便不耐煩地説：「你們是來做工的，不是來比美的。頭髮全攏進帽子裏，不許露出一根。」

小嵐兩人只好互相幫着，把頭髮弄好。麻喜看看再也挑不出毛病，便帶着兩人回廚房。她指了指廚房一角，説：「清洗區在那裏，有什麼不明白的就問阿順。洗乾淨點，別把洗潔精留在碗碟上，主人聞到氣味會罵人的。」

「是。」小嵐和英子答應着，然後向着麻喜指的

地方走去。

　　清洗區裏有一排五個方方正正的碗池，其中一個的前面站了一名三十上下的女工，她應該就是麻喜口中的阿順。見到小嵐兩人走來，阿順朝她們笑了笑，說：「新來的？」

　　小嵐點點頭，說：「你是阿順姐？」

　　阿順笑着點頭。

　　英子說：「多多指教！」

阿順笑着説：「眼見功夫，沒什麼可教的。反正有碗碟送來就洗，洗完就放進烘乾機內烘乾。」

小嵐走過去，站在了一個洗碗池旁邊，就開始工作起來。自從去了烏莎努爾讀書，在媽明苑裏有很多人服侍，已經很長時間沒洗過一隻碗了。不過又不是什麼技術性很強的工作，小嵐洗起來也挺得心應手的。

英子見了，也站到另一個洗碗池邊忙碌起來。

小嵐問道：「現在有洗碗機，東家為什麼不用洗碗機，而要用人手洗？」

阿順説：「這個我不知道。反正我在這裏做了很長時間了，都是用人手洗。」

英子插嘴問道：「一直都只有你一個人洗碗嗎？」

阿順説：「不是，以前也是三個人。只是另外那兩個調到其他區了，所以才請你們來頂上。」

小嵐發現阿順很健談的，便有意跟她聊天，從她口中打探消息。

「廚房這麼大，人這麼多。順姐，咱們主人家裏

人很多嗎？」

阿順答道：「老爺有一個兒子四個女兒。兒子是最大的孩子，有四十了吧，都結婚生子了，也在莊園裏住着。四個女兒中三個嫁出去了，莊園裏只有小女兒瑞拉小姐，小姐也有未婚夫了。老爺一家人數並不算多，但他們好客呀，每天都招待很多親戚朋友，有些還會在莊園住上幾天，所以廚房才需要這麼多人。」

小嵐説：「哦。我昨天見到有個長得很好看的大約十八九歲的少爺，正坐着馬車從外面回來。他看上去身體很不好，臉色很蒼白，他也是來訪的親朋好友吧！」

阿順一聽樣子有些興奮：「十八九歲的少爺？長得很好看？我想我知道你見到的是誰了，你運氣真好，竟然讓你見到，我都沒見過呢！他是我們國家的大王子，王儲，也是我們小姐的未婚夫。」

小嵐以為自己聽錯了：「什麼？！他是你們的王儲？你們小姐的未婚夫？」

小嵐的驚詫讓阿順很有點成功感，她興致勃勃地

説：「對啊！你是外國人，所以不知道。我們家小姐是未來的王后呢！哇，想到自己在王后家工作，我就很有自豪感。」

阿順談起這話題就滔滔不絕的：「我們小姐可是個大美人呢，又聰明有學問，她跟王儲真是天生一對……」

小嵐腦子亂糟糟的，她心裏的疑團越來越大了。那個明明是萬卡哥哥，為什麼阿順說是圖也國的王儲？還說是瑞拉的未婚夫？天哪，難道自己在沙灘上見到的真不是萬卡哥哥？不會不會，那人肯定是萬卡哥哥。世界上沒有如此相像的兩個人的，除非是孿生兄弟。但萬卡哥哥沒有孿生兄弟呀！

不行，得趕快找機會見到這「王儲」，弄清楚一切。但前提是有機會見到他呀！有什麼辦法呢？小嵐想着想着，洗碗的動作就慢下來了。

身後突然一聲大喝，嚇了她一跳：「喂，你就是這樣工作的嗎？剛來就偷懶磨洋工，信不信我馬上炒了你！」

小嵐一回頭，原來是麻喜站在身後，用她那雙有

點突出的大眼狠狠地瞪着自己。

小嵐大怒，自小到大，還沒有人這樣罵過自己呢！正想回報幾句，突然想起了自己來這裏的目的，只好忍了。她呼出一口氣，小聲說：「對不起。」

麻喜哼了一聲，見到小嵐加快了洗碗動作，才離開了。

阿順小聲說：「別理她。她就喜歡這樣，咋咋呼呼的，比柏太太還要威風。小嵐，咱們繼續講。」

小嵐嗯了一聲，又問阿順：「順姐姐，王儲怎麼不在王宮，而在你們莊園住？」

阿順說：「這點我不清楚。其實知道王儲來了我們莊園的人不多，我表姐是侍候瑞拉小姐的，無意中知道了。表姐說王儲身體出了問題，但具體怎樣她也不清楚。我估計是這裏空氣好，對康復有好處，所以來這裏養病。希望王儲趕快好起來吧！」

小嵐做出一副花癡模樣，問道：「阿順姐，我們平時有機會見到那位王儲嗎？」

阿順遺憾地說：「不能。我們廚房工不能隨便離開自己的工作和生活區域，不能跑去主人生活起居的

地方，除非是工作需要。我也沒見過王儲呢，我只是從表姐嘴裏知道他長得很年輕英俊。」

小嵐愁死了，唉，那怎麼才能有機會弄清楚莊園裏的是不是萬卡哥哥呢！

廚房的工作時間很長。忙完早飯就得忙着準備午飯，到下午兩點半有一個半小時的休息時間，然後到四點就得準備晚飯了。晚上等到主人們吃飽喝足，她們又要把餐具、桌布等全部清洗乾淨，然後才去吃晚飯，吃完飯回到房間自己洗漱一番，已經到了該睡覺的時候了。

小嵐從沒試過這樣長時間的勞動，而且還得總站着，一天十多個小時洗碗、洗菜、洗爐台、洗地，等等等等，反正要洗的東西都歸她們三人做。因為總是要沾水的緣故，小嵐的手都變得皺巴巴的，泛着蒼白。

不過，咱們小嵐是個「天下事都難不倒」的女孩，為了萬卡哥哥，這點苦算得了什麼！

# 第六章

# 莊園裏的豪華宴會

今天是小嵐到惠士登莊園工作的第二天，她被鬧鐘吵醒後，起牀匆匆收拾一番，四點五十分便下樓到廚房去，準時在五點鐘開始工作。她和阿順、英子三人把廚房的各處都洗刷了一番，然後又洗起早餐要用到的蔬菜和瓜果。今天是瑞拉小姐二十歲生日，莊園裏大宴賓客，所以今天要洗的食材比以往多很多。到大廚們陸續到來後，她們已經忙碌了幾個小時了，洗東西洗到手痠了。

「哐！」由於洗潔液很滑，小嵐正洗着的碟子脫了手，掉落洗碗池，碎成幾塊。

正在廚房裏巡來巡去，指指點點話語滿是不耐煩的麻喜，這時正好來到清洗區，聽見碗碟摔破的聲音馬上循聲尋來，一見是小嵐便氣沖沖走過來，罵道：「又是你！你究竟對這工作上不上心的？如果不想做

就辭職離開，我們再招人。像你這樣今天摔一隻碟子明天摔一隻碗的，我們主人的身家都被你敗光了！」

小嵐什麼時候受過這樣的氣，她冷冷地看着麻喜，説：「我又不是故意的。不就一隻碟子嗎？用得着那樣誇張。多少錢，我賠就是！」

麻喜愣了愣，心想這女孩的眼神好可怕，但她又不甘落了下風，便一手叉腰，一手指着小嵐，就要大罵。這時有人説：「怎麼啦怎麼啦，廚房什麼時候變罵場了！」

大家回頭一看，原來是柏太太來了。麻喜馬上變了一副嘴臉，腰微微彎着，用卑微的聲音朝柏太太説：「原來是柏太太來了。柏太太早上好！」

説完又指着小嵐説：「這個人工作磨洋工，又不上心，剛才打破了一隻碗，我正在教訓她呢！」

柏太太看了小嵐一眼，説：「以後長點心，好好幹活。」

小嵐見這柏太太也是講道理的人，便説：「是。」

麻喜見柏太太沒有懲罰的意思，有點不忿，便

說：「柏太太，您看，要不要給些處罰？」

柏太太說：「不用了，就一隻碟子，以後注意就是。」

麻喜心裏不悅，但也只好服從。她也不敢逆大管家的意。她問道：「柏太太來是有什麼吩咐嗎？」

柏太太說：「今天來的客人多，宴會現場人手不夠，來廚房借兩個年青機靈的。」

麻喜說：「啊，我們這裏人手已經很緊，還要借？」

柏太太說：「這個你們克服一下，一天而已。」

麻喜說：「那好，請柏太太挑人。」

柏太太看了看正在洗碗的三個人，說：「阿順吧。另一個……」

柏太太目光落在小嵐身上：「就她吧！」

「啊！」麻喜心裏實在不願意放小嵐去，因為去宴會現場的僕人比廚工高級多了，還能在主人那裏露臉，如果能讓主人欣賞，還有機會調去更好的部門工作。

「這小嵐笨手笨腳的，換個人好不好？」麻喜

説。

柏太太一揮手，不高興地說：「不換。就她了！小嵐跟我走。」

「是！」小嵐高興地說。

能去宴會現場，那就有可能見到萬卡哥哥呢！她興沖沖地跟着柏太太離開，走了幾步又回過頭，挑戰似地朝麻喜揚了揚下巴，氣得麻喜直想吐血。

柏太太讓小嵐和阿順換了另一款女僕制服，剛過膝的短裙，鑲着蕾絲花邊的白色圍裙，穿起來比洗碗工的制服好看多了。

換好衣服後，柏太太帶着兩人去到花園草坪。偌大的草坪被分開了兩個區域，東邊擺放了一張張鋪着白色桌布的長形桌子，周圍用鮮花與綠植環繞，等會兒的午宴就在這裏舉行。

草坪西邊放了許多圓形小桌子，方便客人三五好友喝咖啡聊天。

柏太太叮囑兩人幾句，然後把她們交給了宴會的負責人。負責人叫劉易斯，是個和藹的中年男人，他讓小嵐和阿順幫忙擺放餐具，然後等宴會開始就幫忙

上菜。講完了注意事項，他就讓兩人開始工作了。

圖也國的貴族受英國貴族的影響很深，常常模仿他們的生活習慣，比如使用馬車，又比如現在的宴會文化，以此來顯示他們的高貴身分和經濟實力，提高社會地位。

所以，他們經常舉辦的這類宴會，就是炫耀財富和社交地位的舞台，你辦得豪華，我就比你更奢侈；你請的人多，我就比你更多。

小嵐在烏莎努爾就經常參加宴會，所以對這豪華的宴會場地也沒有多少驚訝感覺，她默默地往餐桌上擺放着繁瑣的刀、叉、碟子、水杯和酒杯，還有散發着玫瑰花香味的餐巾。

這還是頭次擺放的餐具，按劉易斯剛才吩咐的，宴會要按最高規格，所以之後會按上的菜，頻繁變換餐具。比如根據菜式適時地擺放菜盤、布丁盤、奶盤、白脱盤等，餐刀也分食用刀、魚刀、肉刀、牛油刀和水果刀，叉子就分食用叉、魚叉、肉叉和蝦叉，匙也分湯匙、甜食匙、茶匙。而酒杯也有講究，每上一種酒，都要換上專用的玻璃酒杯。

另外，還要擺上比個人使用的明顯大些的公用刀、叉、匙。所以這一場宴會下來，廚房面對的是一堆小山般的餐具。小嵐心想，怪不得廚房要聘請那麼多僕人了。

　　十一點，賓客們陸續來了，一個個舉止高貴、優雅迷人。男士們一身筆挺的西裝，女士小姐們則身穿華貴的禮服，佩戴着昂貴的珠寶首飾，他們在西邊的小桌子坐下，三個一堆，五個一羣，談笑風生，彼此交流着生意、藝術，或者奢侈品牌。

　　小嵐按照劉易斯的吩咐，適時地替客人送上飲品和點心，同時四處觀察，尋找萬卡哥哥的身影。但她一直沒能找到，只是見到了宴會的主人瑞拉小姐。

　　這位貴族小姐的確如人們所說的，長得十分美麗，她跟在父親母親身後，在客人中穿梭，談笑自如，優雅大方。只是小嵐對她沒有一點好感，把萬卡哥哥帶到圖也國，又給他安了一個王儲的身分，她到底是想幹什麼？

　　小嵐心裏百轉千迴，疑竇重重。如果能見到萬卡哥哥就好了。但是，如果瑞拉不讓他露面，自己又怎

樣才能見到他呢？

　　小嵐正想着心事，劉易斯走過，見她怔怔的，便說：「你怎麼了？不舒服嗎？不舒服就休息一下。」

　　小嵐一愣，清醒過來，不好意思地朝劉易斯說：「沒事，我可以的。」說完就繼續她的女僕工作。

　　一點鐘，宴會正式開始了，客人們圍坐在長桌前品嘗美食，每一道菜都帶來味蕾的極致享受。

　　與客人們的開心相比，小嵐卻是心焦萬分，看來萬卡哥哥是不會出現的了，自己好不容易離開廚房一趟，如果這次見不到萬卡哥哥，以後就不知什麼時候才再有機會了。

　　怎麼辦呢？趁着宴會期間，莊園裏的人大多在這裏，自己悄悄去找萬卡哥哥？但是莊園那麼大，也不知道他在哪裏。還有，自己跑了，宴會女僕少了一個，劉易斯很快就會發現的。雖然他之前對自己不錯，人也善良，但如果是她扔下工作跑了，相信作為主管的他也是不會容忍的。

　　天哪天哪，怎麼辦呢？

# 第七章

# 射箭比賽

　　小嵐一邊糾結着，手上還得一刻不停的在客人中穿梭，給這個送飲品，給那個換餐具，忙得不可開交。

　　這時，客人們酒足飯飽，陸續離開餐桌，回到西邊草坪，有的在散步，有的在小圓桌邊上坐下，或打撲克，或繼續聊着他們的話題。

　　小嵐因為一直希望人羣裏會出現萬卡哥哥，所以特別留意着客人的動靜。她注意到客人中有個很明顯的小圈子，小圈子是一羣年齡相仿的年輕人，他們以一名高挑的女孩子為中心，氣氛很是熱烈張揚，不時發出一陣陣笑聲。

　　小嵐還留意到滿場走的瑞拉，好像有意避開那小圈子，只是時不時就會看向那裏，目光總是落在那個高挑女孩身上，眼裏滿是不屑和厭惡。

這兩人有矛盾！小嵐這樣猜想。

身邊的阿順見小嵐留意到那邊的高挑女孩，小聲説：「那女孩是十大家族之一的查西家族的小姐，名叫西西，她也喜歡大王子，只是王室選擇了我們瑞拉小姐。」

哦，原來是情敵。

這時瑞拉走到了小嵐旁邊的小桌子，跟坐在那裏的一名中年貴婦寒喧起來，還招手讓小嵐過來，從她捧着的盤子裏拿了一杯橙汁。

一會兒，有個男僕走了過來，朝瑞拉小姐鞠了個躬，説：「瑞拉小姐，西西小姐想請您過去一下。」

瑞拉朝小圈子那裏看了一眼，小嵐又從她眼裏見到了厭惡和不耐煩，而那邊的高挑女孩正好也看向這邊，兩人的目光好像在空中交戰了一下，彷彿還有火花迸出。瑞拉收回視線，放下杯子，向中年貴婦説道了個歉，便起身朝小圈子那邊走了過去。

小圈子的人説話聲音有點大，小嵐聽到他們説想找點兒刺激的遊戲玩玩，最後決定來個射箭比賽。

在室外進行射箭比賽，天氣是最重要的，如果有

風就會影響命中率。今天天高雲淡，沒有一絲風，倒是挺適合玩射箭。

今天的客人多數是十大家族的人，對於這些崇尚中世紀貴族風範的豪門貴族，射箭是一項熱門的活動，所以這建議一提出就得到了很多年輕人響應。

擾攘一番之後，十大家族每個家族都各自派出三人，在現場的主人或僕人都可組成比賽小組。不知怎的，有人還提出了冠軍獎勵。在各家族長輩的同意下，決定獎品是可以獲得城中一塊地的購買權。年輕人都好勝心重，大家都躍躍欲試，準備一較高下。

這時旁邊有人用手肘碰了小嵐一下，一看是阿順，她又來說八卦了。

阿順跟她在瑞拉小姐身邊工作的表姐關係很好，兩人常常見面。表姐知道很多有關各家族的秘事，而阿順又很喜歡聽，所以每次見面都變着法子引表姐跟她說，所以阿順知道很多。

阿順告訴小嵐，那拿出來做獎勵的，是城郊一塊背山面水環境非常好的土地，如果在那裏蓋一座城堡，相信一定美不勝收。所以，自從政府有出售這塊

地的意向，十大家族都使出渾身解數，想購買這塊地。他們每個家族都做了計劃書，試圖說服政府。據傳，因為惠士登家族的計劃書讓有關部門較為滿意，所以他們很可能購到那塊地。

　　小嵐聽後，心裏猜想，這會不會是其他九大家族不甘這塊地被惠士登家族奪走，故意讓西西小姐出面，布下圈套，把惠士登家族已到了嘴邊的肉搶走。

　　她轉頭看了一下瑞拉，果然見到她正滿臉不高興地跟自己家族選出的三人小組小聲說話。再看看那邊的西西小姐，她站在代表自己家族的選手面前，意氣風發地說着什麼，看樣子是在給他們打氣。看她胸有成竹的樣子，似乎認為那獎品已是她家族的囊中之物。

　　射箭是貴族們閒暇時喜愛的活動，所以一應用具惠士登莊園都有。很快，一羣男僕扛來了十個箭靶，把它們整齊地排成一列，再加以固定。接着又拿來了一箱子的弓箭，弓箭被分別裝在一個個箭袋裏，等着選手們來取用。

　　一切準備好之後，主持人走到了眾人面前。這是

一名年過六十的老人，他並非十大家族的人，是當地一位退役射箭運動員，他就住在惠士登莊園附近。惠士登家族剛剛派人過去，把他請來主持比賽。

主持人吹響哨子，宣布比賽規則：「今天參加比賽的有十支隊伍，每支隊伍都是三名運動員，射程均為三十米。第一階段每隊六支箭，每人射兩支，每隊以三名運動員的成績之和計分，排名前五的為勝出隊伍，有資格進入第二比賽階段。參加第二階段比賽的五支隊伍，也是每隊六支箭，每人射兩支，每隊三名運動員的成績總和，決出排名前三的隊伍進入決賽。決賽發射方法、箭數和計分方法跟之前兩輪比賽相同，總分最高的隊伍為這次比賽的冠軍。大家明白沒有？」

「明白！」參賽的都是年輕人，活力十足，三十人的聲音好像一個大軍團在回應，震得人耳朵嗡嗡作響。

接下來，各支隊伍按着之前抽籤抽到的號碼，三人一行依次站在三十條畫好的賽道上，面對着十個從中心開始黃、紅、藍、黑、白的五色箭靶。

所有客人，還有惠士登莊園的主人及僕人，全都來到了草坪上看熱鬧。

第一批十名參賽者戴上護腕和護指，開始比賽了。只見他們動作都很一致地左手拿弓，右手拿一支箭拉在弓上，然後左手臂伸直，右手臂向後用力拉弓，一直拉到嘴邊，瞄準目標，只聽到「嗖嗖嗖」的一連串聲響，一枝枝箭就像一隻隻飛鳥，飛向了三十米遠的靶子上。

接着，又以同樣姿勢射出了第二枝箭。

十名報靶人分別報出分數。分數最高的一位，兩枝箭共得了十七分，出自查西家族，其餘隊伍的參賽者都是十五分以下。最差的一名參賽者其中一箭射飛了，釘了在靶子後面的一棵樹上，令到他所在家族隊成績墊底。

接着第二批共十名參賽者開始比賽。又是一陣箭雨飛出，統計分數查西家族仍然領先。

第三批參賽者開始比賽了，這是十分緊張的時刻，這次射擊完畢，就要淘汰五支隊伍了。每位參賽者都屏住氣息，拉弓、瞄準、射箭，然後心情忐忑地

等着報靶。報靶人把各隊三名參賽者的分數總和計出，交給主持人，主持人看了一眼，然後把十支隊伍的總分報出，查西家族以比第二名高出兩分的成績暫列第一，而有五支隊伍就宣布淘汰。

# 第八章
## 突發意外

　　能進入第二輪的參賽隊伍及他們代表的家族，全都沸騰起來了，而被淘汰的隊伍選手和他們所代表的家族就一個個垂頭喪氣，怏怏地退下。比賽輸了，那塊好地無望了，等會兒就得向政府提出，撤回那塊地的購買申請。

　　進入第二輪的那五支隊伍，都被各自的族長叫到一邊，鼓勵一番。

　　查西家族彷彿覺得勝券在握，他們的族長嘴巴都快裂到耳朵根了，臉上的皺紋笑成了一朵盛開的菊花，彷彿看到了那塊寶地已經落入了自家手中，甚至已經見到了那塊地上新建的絕世城堡。族長的孫女西西小姐矜持地給三名參賽者許諾，如果拿到第一名，每人將獲得一筆可觀的獎金。

　　惠士登家族的族長特別緊張，他們那支隊伍雖然

能進入第二輪比賽，而且成績跟查西隊只差了兩分，但落後就是落後，即使差了一分也只能是失敗者。瑞拉小姐臉色有點凝重，她也跟三名參賽者許下了重賞的諾言，把那三個年輕人刺激得哇哇大叫，決心非贏下這次比賽不可。

第二輪比賽開始了。這時三十米以外的箭靶只留下了五個，五支隊伍的人面向箭靶，躍躍欲試。第一隊三人共得了二十五分，第二隊二十七分，第三隊，也就是查西隊暫時領先，得了二十八分，第四隊有名參賽者失手只射了一環，令該隊只得了二十二分，而第五隊惠士登隊發揮良好，竟然跟查西隊一樣，打了二十八分。

哇，現場頓時炸開了，惠士登隊追上來了！以並列第一的分數進入了第三輪比賽，也就是決勝局比賽！

現場氣氛十分緊張。因為分數排第三的家族隊，跟並列第一的兩支隊伍差了很多分，所以，這決勝局分明就是惠士登隊和查西隊之爭！

比賽休息十五分鐘，讓進入第三輪的參賽者們放

鬆一下，喝點飲品，上上洗手間。但變故就在這時發生了⋯⋯

「族長，不好了不好了！」一名男僕慌慌張張地跑向惠士登族長。

正在跟瑞拉小姐說話的老族長雙眉一皺，斥道：「喊什麼呢？毛毛躁躁的。」

男僕急忙說：「對不起，老爺！」

老族長說：「出什麼事了？」

男僕說：「大維少爺在洗手間摔了一跤，摔到了胳膊，在喊痛呢！」

大維是今天的射箭比賽中，惠士登隊的中堅力量。

「啊！」老族長跳了起來，「他在哪裏？快，帶我去。」

男僕引着老族長往前走，邊走邊說：「就在溫室那邊的洗手間門口。」

老族長走了幾步，扭頭對跟在身邊的瑞拉說：「你趕快打電話給莊醫生，讓他過來看看大維傷到哪裏了。」

「好。」瑞拉急忙拿出手機撥號。

莊醫生就在現場，所以當族長等人找到大維時，他接着就到了。

看了大維的手，莊醫生説：「肘關節脱位了，得去醫院骨科復位。」

族長集焦急地問：「什麼時候能好？能繼續比賽嗎？」

莊醫生説：「如果沒有損傷到肘關節韌帶以及肌肉，復位後休養兩星期左右就可以恢復。但如果傷到了韌帶以及肌肉，那就需要休養一個月左右才可以康復。今天繼續比賽，根本不可能。」

族長頓時傻了，愣了一會兒，才歎了口氣，對莊醫生説：「麻煩你送他去醫院。」

「好！」莊醫生點了點頭。

莊醫生找來擔架，把大維抬到了車上，然後往醫院去了。

族長看着遠去的車子，説：「瑞拉，我覺得大維這一摔得有點奇怪。這麼年青力壯的男孩子，怎麼會突然跌跤呢？」

大維是瑞拉的堂兄，一米八多的個子，平日又愛運動，竟然會走路都能跌一跤，的確讓人生疑。

「我去洗手間看看。」族長氣勢洶洶地往洗手間走去。

瑞拉不便進去，便吩咐男僕扶着老族長。

老族長很快出來了，他一臉沮喪，對瑞拉說：「洗手間地面有一攤洗手液，大維踩在上面了。也不知是有人有意做的，還是無意的。大維在參賽的三個人當中成績最好，決賽少了他，我們輸定了。」

瑞拉很無奈：「真倒霉！這樣的話我們也無法指證誰。現在只能要求暫時停賽，趕快找個人來代替大維。」

這時很多人聽到消息趕來了，他們紛紛打聽大維的情況。

老族長說：「他右手手肘脫位了，已經送他去了醫院進行復位手術。」

「啊，太倒霉了！」

「他還要進行決賽呢？」

「是呀，這下怎麼辦呢？都到了決賽階段了，不

能停啊！」

老族長見到進入決賽的另外兩個家族的族長都在，便商量說：「你們看，能不能改個時間，等大維的胳膊好了，再進行決賽。」

查西家族族長搖搖頭說：「這個不行。之前說好了，勝者可以獲得那塊好地的。據說一星期後，政府就會討論決定把使用權給哪個家族。手肘脫位，最少也得休養兩個星期，等不及大維康復了。你們馬上找一個人來代替他吧！」

「這麼倉促，我們哪裏去找一個善射箭的人來……」老族長不滿地說。

「這個我們也幫不了你，也是你們運氣不好。趕快比完第二局，我們好辦事，該撤回申請的馬上去撤回，該獲得使用權的馬上着手準備。」另一個入決賽的家族族長說。

查西族族長用不容商量的口吻說：「趕快吧，給你們十五分鐘，十五分鐘後開始決賽。那我們就不阻礙你們找人了。」

查西族族長招呼其他族長到一邊喝咖啡，留下一

臉無奈的老族長和瑞拉等惠士登家族的人。

老族長氣呼呼地看着那班人離去，他轉頭對瑞拉說：「族裏還有跟大維箭術差不多的人嗎？」

瑞拉苦笑道：「沒有，他是我們家族最厲害的了。」

老族長歎了口氣，説：「那塊好地就沒希望了。你找找族裏那些男孩子，看看哪個願意代替大維比賽。盡力而為吧，不輸得那麼慘就好。」

到嘴邊的好東西眼看要飛了，誰都不會開心。瑞拉腳步有點沉重地走回大草坪。她向草坪的東南角走去，惠士登家族裏的年輕人都聚在那裏。

瑞拉走近時，見到那裏已經沒有了之前開心的氣氛，年輕人都神情凝重地議論着什麼。原來他們已經知道了大維摔傷胳膊的事。

「大家都過來一下。」瑞拉大聲説。

瑞拉是族長孫女，在年輕族人那裏很有威望，聽她這樣一説，都馬上走了過來，圍着瑞拉。

「大維跌傷的事大家都知道了吧，現在最要緊的事，是馬上找人替補。你們誰願意臨危受命，代他比

完最後一場。」瑞拉說。

　　年輕人一個個面面相覷，但誰都不敢吭聲。

　　他們都知道，這場比賽舉足輕重，關係到那塊好地的歸屬問題。大維的箭術在他們中間是最好的，他去比賽，還有可能拿到第一名，但如果自己去，那希望就極微了。如果最後輸了，就會成為族裏的罪人，這個罪名誰都不想背啊！

　　現場一片沉寂。瑞拉心裏更沉重了，她也明白那些人心裏想些什麼。她心中暗罵，連應戰都不敢，談什麼勝利？怎麼自己家族裏就淨出些沒承擔的人，關健時刻一點忙也幫不上。

　　沒有人站出來，就指定一個吧！總要把這場賽事比完。正當她考慮着指定誰合適時，聽到一把清脆的聲音說：「我射箭不錯，可以代替大維少爺出賽。」

# 第九章
## 小女僕變身神箭手

　　瑞拉過來時，小嵐正捧着一盤飲品站在旁邊，她不像惠士登莊園的其他人，那樣的着緊自己的族人或主人獲勝。在她眼裏，這場比賽就是一羣貴族在爭名奪利，誰勝誰負都與她無關。

　　其實如果説起來，她更希望惠士登家族輸掉比賽，因為他們家族的瑞拉小姐不知出自什麼目的，竟然把萬卡哥哥帶到這裏來，令到烏莎努爾因國王失蹤，隨時陷入危險之中。

　　瑞拉跟年輕人的對話有一句沒一句的飄到她耳朵，大維受傷……沒人敢應戰……

　　小嵐腦子裏亮光一閃，一個想法冒了出來。如果自己能幫到惠士登家族，取得他們信任，是否就有了更大的自由度，能隨意去莊園裏的每一處地方，能有機會找到萬卡哥哥？

看來這方法能行啊！

小嵐對自己的射箭技巧是有信心的。自從她參加過皇家軍訓團後，對射擊有了很大興趣，萬卡哥哥是射箭高手，所以她常常請萬卡哥哥教她射箭。她悟性好，人聰明，練習又刻苦，所以現在箭術已經快趕上萬卡哥哥了。剛才她也看了那些人的比賽，覺得自己並不比他們差。

所以，當見到始終沒有一個人敢站出來應戰時，小嵐把手裏捧着的盤子往桌上一放，撥開人羣，走到瑞拉面前，說：「我射箭不錯，我可以代替維少爺出賽。」

就像一塊大石頭投進了水裏，人羣轟的一聲炸開了。

「這漂亮女孩是誰？她說什麼？我沒聽錯吧？」

「她說能代大維比賽！」

「看她穿的衣服，應是莊園裏的女僕吧。」

「她長得真漂亮！但是，也太不知天高地厚了吧，她有大維少爺的水平嗎？」

「我不信她能跟大維比。她如果有那樣的水平，

還會在這裏當女僕嗎？」

「不過她真的好美！如果我是她，早去當明星了。」

人們看着站出來的小女僕議論紛紛，議論中心都是這兩句話，「不知天高地厚」、「真漂亮」。

對族人已經徹底失望的瑞拉，見到有個女僕站出來應戰，驚訝之餘，心裏還挺欣賞她的。沒人敢去，她敢，說不定她真有過人之處呢！

瑞拉上下打量了一下面前的女孩，很漂亮，神情不卑不亢，沒有面對主人的惶恐畏懼，也沒有高手的驕傲自得，只是一臉平靜地看着她。

看來不是那種沒腦的、嘩眾取寵的女孩子。瑞拉心想，反正已經沒其他撰擇，就讓她參賽吧！但願她別輸得那麼慘。

瑞拉當機立斷地說：「好，就你了！你名叫……」

「朱小嵐。」

「好，小嵐，我帶你去挑一把合適的弓。」

「好。」

沒想到瑞拉真的讓小女僕代替大維參賽，大家都呆了，心想這回輸定了。年輕人都在相互埋怨，為什麼不站出來承擔責任，令到瑞拉小姐徹底失望，破罐子破摔，答應讓那人小膽子大的小女僕去參賽。

　　但同時他們心裏又暗暗慶幸，暗喜終於有人替他們背這個黑鍋。如果不是小女僕主動承擔，說不定到最後被瑞拉小姐強推出來比賽的是自己呢！

　　一大羣人又跑回比賽場地，不敢參加比賽，就替那小女僕打打氣吧！

　　查西家族族長見到惠士登家族竟然派了個小女僕來參賽，心中暗喜：你們也知道自己家族沒希望了吧，竟然隨便派了個女僕來，還那麼小的女僕，一看就知道不是什麼厲害人物。

　　小嵐戴好裝備，挑了一把弓，試着適應了一下，這時，主持人就宣布第三輪比賽開始了。

　　惠士登家族裏的很多人趁賽間休息時去了其他地方，這時已陸陸續續回來了，他們這才知道大維受傷、瑞拉選了一個小女僕代表惠士登家族出賽的事，頓時大驚。他們想找老族長，但發現老族長已離開了

賽場，再去找已來不及了，而且主持人已宣布比賽開始，只好聽天由命了。

三支隊伍的第一位參賽者，準備就緒，抬弓發箭，成績都不錯，但查西隊仍然領先；惠士登隊成績居中，只比查西隊少了兩分；而另一支隊伍又比惠士登隊少了四分，這支隊伍基本上與第一名無緣了。

三支隊伍的第二位參賽者又開始準備了，一輪發射，統計分報出，又引起一陣嘩然：查西隊這次發揮很好，跟第二名惠士登隊繼續拉開距離，多出了五分。總之，第二場下來的分數分別是：查西家族隊，三十六分；惠士登家族隊，三十一分；古里家族隊，二十八分。如無意外，查西家族隊穩拿第一名了。

查西家族的族長，已經興高采烈地拿起一罐啤酒，跟族內人碰杯，提早慶祝拿到好地。族長女兒西西小姐，也笑逐顏開，不時把得意的眼神看向瑞拉，一副勝利者的模樣。

瑞拉強裝鎮定，心裏卻異常失落，她讀書學的是建築設計，她已經畫了世界上最美城堡的設計圖紙，只等地批下來，就可以付諸實際。沒想到一場比賽，

讓希望落空，此時她心中懊惱難以言喻，臉色十分難看。

這時，輪到第三名參賽者比賽了。查西隊的三名參賽者水平都很高，所以這第三位參賽者無疑會跟之前兩人一樣發揮不俗。反觀惠士登這邊，卻站出來一個嬌俏可人的美少女，看上去就不是射箭那塊料。

查西隊的第三位參賽者是個高大的年輕人，一米八幾的個頭，一雙拿弓的手粗得就像根圓柱子，看上去就孔武有力。他看了看旁邊的小嵐，感覺自己彷彿是隻大黑熊，而小嵐就是隻小白兔，他臉上頓時有點發紅，似乎有點欺負人家小姑娘呢，多不好意思。

小嵐沒看任何人，她眼中只有前面三十米的地方，那個箭靶最中央的黃色圓圈，那裏代表着——十環。她希望拿到兩個滿分，替惠士登贏得這場比賽。

當主持人比賽開始的命令一下，小嵐右手抓箭，左手握弓，使勁一拉開，箭，像是一道閃電射了出去，直奔靶心。

報靶員報出：「查西家族隊第一次得分，九分。惠士登隊家族第一次得分，九分。古里家族隊第一次

得分，六分。」

現場「哄」的一聲，各種聲音頓時像菜市場般喧鬧：

「哇，小女僕厲害啊，真是人不可貌相！」

「我們隊有希望了，小女僕加油！」

「天哪，我們查西家族隊要加油啊！」

「不怕不怕，我們的積分比惠士登隊仍然多了五分，我們查里隊不會輸的！」

而小嵐卻對自己很不滿意，少了一分，就意味着得冠軍的希望又少了一點。但她仍保持鎮定，又開舉起了弓和箭⋯⋯

而她旁邊的健碩大叔就不淡定了，他心想，這最後一箭一定要射好，起碼要比旁邊的小姑娘好，要是沒她發揮好，自己就沒臉見人了。

嗖！小嵐的箭穩穩地扎在了靶子中央，十分！

健碩大叔瞄了又瞄，瞄了又瞄，他覺得今天這弓為什麼特別沉，他還覺得眼睛好像有點花了，糾結許久，他才「嗖」地把箭射了出去，那枝箭得有點偏了，扎進了靶子上的黑色圓上，只得了四分。

奇跡發生了，惠士登家族隊以一分領先，成了大贏家！

　　全場詭異地安靜，過了十多秒，人們才醒悟過來，惠士登家族，贏了！

　　「勝利了，惠士登家族隊勝利了！」

　　「小女僕厲害！」

　　「怎麼回事？我們查西隊輸了嗎？有沒有搞錯？」

　　「哇哇哇，今天好精彩！見證奇跡的一天啊！」

　　「嗚嗚嗚，查西隊不能輸，不能輸！」

　　一時間，有笑的，有哭的，有發呆的，有跳腳的，有歡呼的，各種不同的情緒在草坪上迸發。

　　瑞拉是發愣的那種。她實在不相信自己眼睛，自己的隊伍竟然以一分之微領先，贏了比賽。

　　愣完之後，她也顧不得保持淑女風度了，跑到同族的年輕人那裏，和他們一起瘋，一起大笑、大叫、蹦蹦跳跳！

　　蹦了好一會兒，她才意識到自己失態了。於是，她趕緊整理了一下亂了的頭髮，回復了貴族瑞拉小姐

的儀態風度。

她走到正在除下射箭裝備的小嵐面前，點點頭，說：「你很好，我會獎勵你的。」

小嵐氣定神閒地說：「謝謝！」

瑞拉飛跑着找老族長去了，她一激動又忘了裝淑女。老族長剛才不在比賽現場，也許是眼不見為乾淨，免得心堵。瑞拉急着把好消息告訴他。

小嵐換回洗碗工的衣裙，回到了廚房。

一走進去，人們就都放手中工作，跑來清洗區，把她圍住了。

「小嵐，你參加比賽的事阿順跟我們說了，你好厲害！」

「小嵐，你讓我們廚房出名了，一個小姑娘贏了一幫大小伙子。」

「小嵐，你射箭為什麼這樣厲害？誰教你的？」

「小嵐，你比賽的時候緊不緊張？」

大家七嘴八舌地說着，問着，弄得小嵐都不知道回答誰，只好有禮貌地對每個人笑着。

這時麻喜來了，見到大家都圍着小嵐，便大聲

說：「喂，你們是不是想被炒魷魚？還不馬上幹活！」

大家都趕緊回崗位了，小嵐也和阿順、英子一起，洗起了堆成山的餐具。

「哼，射個箭有什麼了不起，瞎貓碰上死老鼠罷了。別以為立了點小功就可以讓主人另眼相看，現在還不是得回來洗碗。」麻喜知道小嵐立了大功之後，心裏的妒火都快把自己給燒着了。她聽不得別人讚小嵐，所以在離開時還不忘扔下一句冷嘲熱諷。

小嵐沒理她，跟這樣的人生氣不值得。

## 第十章
# 想當王后的瑞拉小姐

　　比賽勝利，令惠士登家族的人揚眉吐氣，在其他家族的客人全都離開之後，他們自家還來了一個歡樂派對，慶祝拿到了那塊好地，同時挫敗了其他家族的銳氣。

　　派對一直到很晚才結束。送老族長回去休息後，瑞拉沒回自己屋裏，而是去了王儲住的房間。

　　惠士登莊園有四萬三千多平方米，有近四百個房間，其中有三分之一是用於招待客人的。

　　小嵐心心念念找尋的萬卡，沒有住在客房，而是被瑞拉安排在她自己所住的東樓，三樓的一個大套間裏。這個套間共有兩百多平方，臥室、書房、衣帽間、浴室……樣樣俱全。

　　瑞拉走進去時，見到自己最信任的女僕何希在輕手輕腳地打掃客廳。

「王儲休息了嗎？」瑞拉問道。

「王儲已經睡下了。」何希小聲回答。

瑞拉點點頭，然後放輕腳步，走進了王儲的卧室。

借着夜燈淡淡的柔和的光，瑞拉見到王儲仰面靜靜地躺在牀上。英俊的臉容顯得有點消瘦，眉頭微皺着，好像有什麼解不開的心結。

瑞拉轉身離開了。她自言自語地説：「趕快好起來吧！不然，你的儲位就沒有了，我也什麼都沒有了。」

瑞拉回到自己房間時，兩名貼身女僕早已準備好了洗漱用品及家居衣服，見瑞拉小姐回來便急忙在浴池放好溫度適中的洗澡水，撒上香噴噴的玫瑰花瓣，侍候她沐浴。

因時間已晚，瑞拉洗漱後便上牀休息了。女僕們輕手輕腳地離開後，瑞拉躺在牀上，想着王儲的事，思緒萬千，久久睡不着。

她生活在一個富裕的國家，出身的家族還是國內最顯赫的十大貴族之一的惠士登家族，還是這個家族

的族長家小姐。顯赫的身分，賦於她更重大的使命。自小，她就被家裏重點培養，學儀態、學知識，學許許多多的東西，就是希望將來在皇室為王儲選儲妃時，她能擊敗所有對手，成為最幸運的那一個，成為儲妃，最終成為王后。

圖也國很富裕，十大家族更個個都是大富翁，所以他們不會爭利，只會爭權，爭在十大貴族中的排名，爭在所有貴族中的說話權。

一百年前，惠士登家族曾經鼎盛過，是十大家族的第一位，那時，就是因為他們族裏出現了一位博學多才的女子，那女子後來成為了王后。國王很喜歡這位王后，愛屋及烏，所以也給了王后背後的惠士登家族很多好處和便利，因此才有了這個家族幾十年的輝煌歷史。

只是那位王后去世後，家族就開始走下坡了，歷任族長很辛苦地維持着，才不至於在排名中跌得太慘。直到瑞拉出生，越長越漂亮，還十分聰明，才讓家族又有了盼頭。而瑞拉也不負眾望，從小學到高中，成績都非常優秀，一直是年級裏的前三名。

而當皇室給王儲李爾選妃時，她也沒有辜負家族的期望，在眾多候選的貴族女子中脫穎而出，成為李爾的未來王妃，也就是圖也國未來的王后。

　　但是，好事多磨，她這裏坐穩了儲妃的位子，但那邊王儲的位子卻岌岌可危。

　　一年前，那位在東芒國留學的王儲李爾突然音訊全無。國王派人去國外那間學校找，卻被告知李爾早就退學了。國王派去的人通過各種途徑在東芒國尋找李爾的下落，但始終沒有找到。

　　皇室現在已經打算放棄他了，因為國王本來就不大喜歡這個不聽話的長子。

　　這事説來話長。李爾自小喜歡畫畫，但國王卻十分反對，沒收了他的畫畫工具，給他找了好幾個老師，硬要他學習做國王的學問和本領，兩父子關係弄得很僵。直到十一歲那年，李儲自己帶着幾名保鏢到了東芒國，要在那裏的藝術學院就讀，弄得國王大怒。雖然李爾最後還是遵從父親的意願，選擇了東芒國某名校的經濟管理學院，但他的叛逆行為卻在國王心裏種下了一根刺。國王不止李爾一個兒子，長子不

聽話，就換一個，反正他兒子多的是。

對於李爾的失蹤，很多人，包括國王都認為很大可能不是什麼外因造成，而是他自己故意躲起來。

對儲位虎視眈眈的二王子趁這機會，暗中拉攏朝中大臣，讓他們説服國王另立王儲，將來讓二王子繼承王位。據國王身邊的親信透露，如果在本年度的國慶日李爾還未出現，國王就在慶典上宣布另立二王子為王儲。

李爾失蹤，瑞拉是最緊張的一個。因為如果王儲換成了別人，那她的未來就不可能是王后了。她自己多年的願望，她身後家族寄託在她身上的希望，就會全部破滅。

這一年裏，她多次派人到東芒國尋找王儲，比國王都積極，但是，王儲卻像石沉大海，音信全無。這麼大的國家尋一個人，實在不容易。而且，王儲也有可能用了假名，那就更困難了。

知道了皇室準備在國慶日宣布另立王儲時，瑞拉急了，她親自出馬，帶領一隊人前往東芒國尋人，但是費了幾個月時間，弄到筋疲力盡，仍然找不到王儲

下落。無望之下，瑞拉只好沮喪地回國。

　　坐私人直升機回來經過南山國時，飛機因為有點小毛病，為安全起見降落海邊機場，作些小檢修。飛機在檢修時，瑞拉下來散步，突然覺得頭一暈，竟倒在地上。隨行人員見了大驚，馬上召救護車，把她送進醫院。

　　檢查後幸好沒事，醫生說可能是精神壓力大，人放鬆一些，好好休息幾天就會沒事。

　　隨行人員勸瑞拉留在南山國休養幾天，等情況穩定才回國。南山國依山傍海風景美麗，是休養的好地方，所以瑞拉想想也就同意了。她留下了何希和珍兒兩名貼身女僕，讓其他人先回去。

　　那天，她讓何希開直升機來到海邊，打算在沙灘上走走，看看，放鬆心情。萬萬沒想到，她竟然在沙灘上發現一個昏迷的年輕男子，雖然多年沒見，但她還是認出來了，這人就是李爾。她急忙和何希、珍兒一起把昏迷中的李爾抬上飛機，帶回國，帶回了自家莊園。

　　但李爾被救醒後，竟然把什麼都忘了，忘了自己

的身分，忘了瑞拉，只是他舉手投足顯露出來的貴族氣質、王者氣派，讓瑞拉更認定了他就是王儲李爾。

醫生說，失憶的事很難擔保什麼時候才能好轉，有可能幾天、幾十天就能恢復記憶，但也有可能幾個月、幾年，什麼一輩子都無法記得過往的事。所以瑞拉唯有求上天保佑，讓王儲早日痊癒了。

另外糟糕的是，王儲的一條腿斷了。醫生診斷後認為只要好好治療，有九成機會可以恢復正常。但是需要較長一段時間的治療和康復時間。

瑞拉考慮再三，決定先封鎖王儲回來的消息。她不想讓皇室見到一個失憶又腿斷的王儲，這樣的話二王子以及擁護二王子的大臣，一定會大做文章，那另立王儲的事，一定無法避免。

反正離國慶紀念日還有一段日子，所以瑞拉決定留李爾在莊園，暗中請私人醫生給他治療，幫助他恢復記憶。到時王儲以健康的身體出現在人們面前，才能使儲位不失。

據醫生說，王儲恢復記憶的可能性還是很大的。

瑞拉又想到今天那場勝利，本來已經要飛走的那

塊地，在那名小女僕的幫助下，奇跡般地保住了。那九大貴族雖然各懷鬼胎，但人還是守信用的，明天應都會去撤回那塊地的申請，那惠士登家族就在無競爭對手的情況下，穩穩把地拿到手了。

但願好事成雙，王儲很快就恢復記憶，國慶日出現在全國民眾面前，那他的王儲之位就穩穩的了。

老族長曾說過，將來她與王儲的婚禮，可以在新建的城堡舉行。瑞拉開始幻想着那一天，自己身穿美麗的婚紗，頭頂漂亮的冠冕，在動人的婚禮進行曲聲中，一步步走上通向王后之路，走向人生巔峯。

# 第十一章
# 再遇萬卡哥哥

比賽的第二天是星期天，在這裏做女僕是輪流休息的，小嵐剛來幾天，還沒有輪到休息，所以她仍是四點五十分便下樓到廚房去，準時在五點鐘開始了洗涮工作。

忙了一個小時之後，才見到麻喜慢悠悠走進廚房，見到小嵐蹲着擦地板，她幸災樂禍地笑了一聲，然後冷嘲熱諷地說：「嘁，會射幾下箭，就以為是什麼高手，以為可以烏鴉變鳳凰。做夢吧！」

「喂，你今天沒刷牙嗎？怎麼說出的話那麼難聽！」阿順不忿麻喜的陰陽怪氣，氣呼呼地替小嵐抱打不平，「你能替瑞拉小姐拿到冠軍嗎？你就是不能！你自己沒本事，就妒忌小嵐。」

「你、你敢頂撞我！」麻喜用手指着阿順，氣得嘴唇發抖。

「算了算了，跟她這樣的人生氣，不值得！」小嵐對阿順說。

　　「什麼事吵吵鬧鬧的。」有人進來了，是柏太太。

　　麻喜一見，忙上前問好，然後便要告狀：「柏太太，小嵐和阿順她們目無上司……」

　　柏太太截住她的話，説：「好啦好啦，你不用説了。你嗓門那麼大，我剛才都聽見了。你也要檢討一下自己，人家小嵐替瑞拉小姐立了功，你幹麼説那些酸溜溜的話？」

　　「柏太太，我……」麻喜不服氣。

　　「好了，別耽誤我辦正事。小嵐，你從明天開始，不用來廚房了，瑞拉小姐説了，安排你去東樓做三等女僕。你以後好好幹，好好侍候瑞拉小姐。你昨天立下大功，人又這麼聰明，一定升職很快，説不定以後會有希望做小姐的貼身女僕，那時候你就前途無量了。」

　　「是。謝謝瑞拉小姐，謝謝柏太太！」小嵐一聽很高興。

去東樓做女僕，那就離見到萬卡哥哥的目標又近一步了。

柏太太領着小嵐去了東樓，瑞拉小姐正在飯廳吃早餐，柏太太把小嵐交給了瑞拉小姐的貼身女僕達亞，然後就忙自己的事去了。

達亞讓小嵐在僕人休息間等着傳喚，自己又跑去侍候瑞拉小姐了。小嵐一個人呆呆地坐着，等了快半小時，仍未有人來傳喚。

肚子「咕咕咕」地響了起來。早上起來就忙着幹活，還沒來得及吃早餐呢！小嵐下意識地摸了摸肚子，唉，好餓！

又再等了十多分鐘，聽到有輕輕的腳步聲傳來，達亞走了進來，説：「跟我來。」

小嵐趕緊站了起來，跟在達亞身後，達亞帶着她登上了木樓梯，上了二樓，在一間房間門口喚了聲：「瑞拉小姐，人帶來了。」

「讓她進來。」裏面傳出一把年輕女子的聲音。

達亞作了個手勢讓小嵐進去，自己候在門口。小嵐走進房間，這是一間書房，東西兩面牆是高高的書

架，正面的窗子下放了一張很大的書桌，瑞拉小姐正坐在書桌前，眼睛看着電腦屏幕，手裏「劈里啪啦」地打字。

小嵐站了幾分鐘，瑞拉才看向小嵐，把她上上下下打量了一下，説：「真是人不可貌相，沒想到你箭術這麼厲害。我説過會獎勵你的，一般人要從洗碗工調來東樓，起碼要奮鬥五六年呢！」

小嵐心裏直嘀咕，洗碗工和貼身女僕，還不一樣是僕人嗎？這也要奮鬥五六年！但嘴裏還是説了聲「謝謝」。

「等會達亞會安排你的工作。」接着，瑞拉用一種很嚴厲的口氣説，「在我這裏做事，要緊記着，不該看的不要看，不該問的不要問，不該説的不要説。知道嗎？」

「知道，瑞拉小姐！」小嵐急忙應道。

「這段時間不能使用手機。如果有急事要跟外面聯絡，可以找柏太太，使用柏太太辦公室那台固網電話。」

小嵐心裏一驚，這裏保密竟然做得這麼嚴密。糟

糕，想隨時跟萊爾首相聯絡也難了。

小嵐走出門口，達亞仍站在那裏，見小嵐出來，便朝她點了點頭，示意她跟着自己。

達亞把小嵐帶僕人休息間，兩人面對面坐下。達亞說：「阿順跟我提起過你，說你人不錯。」

小嵐馬上反應過來，說：「你是阿順姐的表姐？」

「是的。」達亞點點頭。

「那太好了！」小嵐很高興。

有了阿順表姐這重關係，自己這初來乍到的「新丁」，就有了一個可以提點自己的人了。

達亞給小嵐說了一下僕人的日常工作，因為小嵐剛來不熟悉情況，便讓她先負責樓下花園的打掃，還有給花圃澆水、給小池塘的魚投餵飼料等等。總之，工作比在廚房時輕鬆了很多很多。

達亞臨離開時，叮囑了一句：「你的崗位在花園，所以如非小姐召見。你不可以上樓，知道嗎？」

小嵐一愣，然後緩緩點頭，「嗯」了一聲。看來到了東樓工作，想要見到萬卡哥哥，還是有重重障礙啊！

小嵐拿來了工具，先打掃地面的樹葉和落花，期間見到瑞拉小姐外出經過她身邊，她還按着達亞說的規矩，朝瑞拉行了個屈膝禮。

她可是一個公主啊，身分比瑞拉高得多，但是，為了萬卡哥哥，她可以放下姿態做任何事。

花園裏很安靜，只有小鳥時不時發出啾啾的鳴叫，小嵐一邊工作一邊想事情，盤算着接下來怎樣找到萬卡哥哥。萬卡哥哥應該就住在東樓這裏，瑞拉一定會把他放在自己身邊的，這便於照顧，更便於保密。

但是，自己無法上樓去，這就有點麻煩。如果萬卡哥哥不下樓，那自己怎麼找他呢！悄悄上樓找？

瑞拉之前特別強調「不該看的不要看，不該問的不要問，不該說的不要說」，分明就是提防僕人知道王儲在這裏的事。萬一被瑞拉發現自己進入惠士登莊園的目的是尋人，是弄清那「王儲」的真實身分，那就肯定被趕走，那時候就什麼都做不了。

但自己不能光等呀！那太被動了。要創造機會！只是機會也不是想創造就能創造的。

小嵐想着想着，直覺得腦袋都有點痛。偏偏樹上的那些小鳥不知道在興奮些什麼，一直在吱吱喳喳地叫，小嵐抬起頭氣呼呼地看向牠們，恨不得大喊一聲「安靜」。

　　這時候，她突然看見，三樓從東面數起第一個房間的一扇窗門被人打開了，打開窗子的人靜靜地坐在窗前，小嵐的眼睛忽然睜大，那人竟然是……

　　萬卡哥哥！是萬卡哥哥，我終於找到你了！

　　小嵐猛地用手捂住嘴，她怕自己忍不住大叫起來。她只是眼睛泛紅地盯着三樓窗口，她看得清清楚楚，那人正是萬卡哥哥，她苦苦尋找的萬卡哥哥！

　　萬卡哥哥顯然見到了自己，視線落到了她的身上，但是，他為什麼還是像上次那樣，像看一個陌生人那樣看着自己呢？這回周圍都沒有人，不用擔心什麼啊！

　　小嵐忍不住走前幾步，想讓萬卡哥哥更清楚地看看自己，她還抬起手，朝萬卡哥哥揮了揮。沒想到萬卡哥哥皺皺眉頭，眼裏露出不悅的表情，似乎嫌她破壞了自己看風景的興致，他一伸手，竟把窗關上了。

怎麼又是這樣！他明明是萬卡哥哥，不是什麼圖也國王儲，他為什麼會這樣冷漠，好像不認識自己似的。

小嵐很想不顧一切地跑上樓，找到萬卡哥哥問明真相。但跑了幾步又停下了。冷靜，要冷靜！

既然瑞拉要把王儲的事保密，所以一定會有人攔着不許進屋，而且說不定樓梯就有人守着，連樓都上不去。所以一定要冷靜，不要魯莽，積極想辦法、尋找機會。

現在證實萬卡哥哥在惠士登莊園，知道他暫時安全，那已經是最好的消息，最大的進展了。小嵐這樣安慰着自己。

# 第十二章

# 誰偷走了戒指

　　小嵐按捺着內心的焦慮，繼續清掃花園，然後往魚池投放飼料，投放完後，拿着之前用來裝飼料的小木桶，準備進入下一項工作。

　　沒想到，一個意想不到的機會很快來了。

　　「小嵐，先放下工作，小姐有事要和我們說。」達亞走過來，叫她跟自己一起過去。

　　小嵐嗯了一聲，把木桶放回工具房，就跟着達亞走了。一邊走，她好奇地問：「小姐召集我們，是有什麼重要事嗎？」

　　達亞說：「具體我也不是很清楚。只知道東樓不見了一樣很重要的東西，小姐一定是集中這裏所有人，追查失物。」

　　很重要的東西？小嵐聳了聳肩，這事跟自己無關，她也懶得再打聽了。

自己一來就在花園工作，重要的東西怎麼會放在花園裏呢，所以肯定不是在花園裏丟失的。怎麼追查也不會追到自己頭上。

跟着達亞到了樓下平時僕人用飯的餐廳，見到已站了幾十個人，想是在這東樓工作的僕人都到了。又過了一會兒，瑞拉小姐來了，身後跟着一名身材高大的女僕，有點面生，並不是通常跟着她的最倚重的那幾個貼身女僕。

瑞拉一臉的惱怒，她用銳利的眼神把僕人們掃了一遍，說：「半個小時前，這裏發生了一件很令我震怒的事，三樓的一個房間裏，丟失了一隻很貴重的戒指……」

瑞拉停了停，又繼續說：「咱們東樓這邊，自成一角，有鐵柵欄圍着，出入都要經過一道小門。發現不見了戒指後，我已經迅速把小門封鎖，並且馬上查看了小門門口的監控錄影片，戒指不見了的前後一個小時內，那道小門沒有人進出過。我又查看了其他監控錄影片，也沒有發現有人翻越鐵欄柵。那就是說，沒有人進來過，也沒有人離開過，偷戒指的是東樓裏

的人，被偷的戒指還在東樓裏面。我把你們集中在這裏，是要你們在十五分鐘之內，自動把戒指交出來，或者把偷戒指的人檢舉揭發，這樣的話我可以一切都當沒發生過。如若不然，我會在十五分鐘後把東樓翻個底朝天。到時不管是在誰那裏找到戒指，我都會把你們所有人解僱，永不錄用。」

瑞拉的話讓僕人們面面相覷，臉如死灰。不明白為什麼好好的，竟然有這倒霉事落到自己頭上。

瑞拉也沒管他們怎麼想，把手一揮，說：「十五分鐘內，我要見到戒指出現，否則……」

瑞拉用威脅的目光掃了在場僕人一眼，然後轉身離開了。

她的身影剛消失在門口，屋內就哄的一聲炸開了：

「啊，誰做的？這麼缺德！」

「誰做的？快拿出戒指來，別影響其他人。」

「天哪，我不想沒了這份工！能進惠士登莊園做事，親戚朋友都羨慕我呢，我不能走！」

「嗚，好冤啊，我可是規規矩矩的……」

「大家都提供點訊息吧，有懷疑的人就趕緊說出來，不要替人遮瞞，否則我們誰都不能幸免。」

「誰做的快把東西交回給小姐吧！小姐說了不追究的。」

「我發誓，我沒有拿！」

「我也沒有！我發誓！」

「我也發誓。我肯定不會做這種事！」

屋子裏的人一個個都開始發誓，努力證明自己沒有偷戒指，然後又交換着看法，看有什麼值得懷疑的人和事，只是結果都全無頭緒。他們都想有人主動承認，他們也想提供破案線索，但是無憑無據的，總不能隨便去指認一個人呀！

在小姐所說的東西失竊的那段時間裏，他們都正忙碌着，誰會去留意有誰離開過，還跑去三樓偷了東西。

小姐已經開了口，說如果沒有人主動承認，就要面臨全部人被辭退。在圖也國，能在十大貴族家工作，是一件很榮耀的事，而且薪酬也高，誰也不想被解僱。而更糟糕的是壞了名聲，如果傳出去是因為有

偷竊嫌疑被解僱，那重新找工作就很困難了。

所有人都愁死了。小嵐也愁，因為如果被解僱了，她就很難再有機會進入惠士登莊園找到萬卡哥哥，了解真相。

小嵐曾多次協助警方破案，還寫過很受歡迎的偵探小説，所以在破案方面她還是很有心得和興趣的。在僕人們鬧哄哄地抱怨和歎息時，她一直留意着他們的言論和各種微表情，希望能找出作案者，只是她看來看去都沒一點頭緒。

小嵐想，是自己技能退步了，還是竊賊根本不在這些人之中？

十五分鐘很快過去了，瑞拉小姐沒有再過來，而是直接派來了十多名氣勢洶洶的男女護衞，監視僕人把身上所有東西掏出來檢查，但擾攘一番，根本找不到戒指。於是，那隊護衞又進了僕人的住處搜查，把屋裏翻得亂七八糟的。

在這個國家裏，僕人是沒有尊嚴的。小嵐的東西也被翻過，這讓她感到私隱被侵犯，但為了萬卡哥哥，她都忍了。幸好她也沒有什麼行李，就幾件衣服

和洗漱用品，喜歡翻就讓他們翻去。

　　僕人們有的憤憤不平，有的愁眉苦臉，有的哭哭啼啼，什麼反應都有。護衛折騰了一個多小時，什麼也沒有找到，便回去覆命了。

　　瑞拉小姐聽了回覆，臉色很難看。

　　本來，如果丟失的戒指是自己的，她也不會這樣生氣的。戒指她有的是，金的銀的鑽石的都有，一隻鑲了顆小珍珠的銀戒指，掉在地上她也懶得彎腰去撿。她之所以這樣緊張和惱怒，是因為這集戒指是王儲的心愛之物。

　　瑞拉在海邊發現王儲時，王儲手上已經戴着這隻戒指，他之前的事全都忘記了，連自己的名字自己的身分都不記得，唯獨記得這隻戒指是他一個很重要的人送的。住進惠士登莊園後，他都一直戴在手上，只有在洗手或洗澡時才會脫下來。

　　就在今天清早，王儲吃完早飯，脫下戒指放在臨窗的桌子上，然後去了洗手間。短短的五六分鐘時間，當他轉回時，就發現戒指不見了。

　　不見了戒指的王儲，情緒頓時失控，顯得很激

動，彷彿天塌下來一般。當瑞拉聽到何希的稟報，來到王儲房間時，見到他坐在椅子上，臉色蒼白，彎着腰，低着頭，顫抖着的手指在戴過戒指的地方不斷撫摸着。那樣子好像丟了魂似的，看上去比剛醒來時，知道自己忘記了所有事還要沮喪。

瑞拉知道王儲很珍惜那隻戒指，但沒想到他是珍惜到這種程度。見到王儲這情況瑞拉擔心極了，她發誓無論如何都要替王儲把戒指找回來！

為了找回戒指，她恩威並施，説不追究，就是為了讓小偷放心把東西交出來；説不拿出來就全部解僱，就是為了讓知情的人為了保住工作而檢舉揭發。但是卻沒能如願，沒有人交出來，也沒有人檢舉揭發，搜了一遍也沒能搜到。

王儲失憶情況還沒改善，唯一記得的心愛之物又丟失了，不知會不會讓他情況越來越惡劣？瑞拉越想越擔心，越想越惱怒，究竟是什麼人偷走了戒指，而且還藏得那麼嚴密，翻也翻不出來。

怎麼辦？馬上把全部人解僱？但是這樣就更難找到戒指下落了。瑞拉心裏從未有過今天這樣的糾結煩

躁，她站了起來，在房間裏不斷地踱着步，卻想不出好辦法。

正當瑞拉煩惱得不顧儀態地捶胸跺腳抓頭髮的時候，聽到女僕在門外喊道：「小姐，護衞隊長帶了一個人來見您，説是可以幫助破案。」

# 第十三章

# 一隻小鳥造成的奇案

　　猜猜看，護衛隊長帶來幫助破案的人是誰？當然是我們「天下事難不倒」的小嵐公主了！

　　當護衛開始搜查僕人房間的時候，小嵐就悄悄地向達亞打聽情況：「達亞姐，小姐丟的戒指很貴重的嗎？」

　　達亞說：「看小姐緊張的樣子，肯定很貴重。小姐有很多首飾，如果是一隻普通的戒指不會嚴重到要解僱所有人。去年她有一條很漂亮的項鍊不見了，也只是叫人找了半天，結果沒找到，她好像也沒有很介意。」

　　「聽你這麼說，那戒指肯定是小姐很重視很緊張的東西。」小嵐又問，「你知道戒指是在哪裏丟的嗎？」

　　達亞說：「在三樓，東面數起第一個房間裏不見

的。」

三樓從東面數起第一個房間？小嵐一愣，那不是萬卡哥哥住的房間嗎？早上她見到萬卡哥哥時，萬卡哥哥正是出現在那個房間的窗前！

小嵐腦子豁然開朗，丟了戒指的是萬卡哥哥，他丟失的戒指，正是自己送他的那隻珍珠戒指！

看瑞拉小姐對尋找戒指的緊張程度，一定是知道這東西對萬卡哥哥來說非常重要。而萬卡哥哥這樣珍惜自己送給他的戒指，那就說明他並沒有忘記自己。

小嵐開心極了，多天來的陰霾開始散去，接下來，就是創造機會見萬卡哥哥，弄清事情真相。

在所有人都垂頭喪氣，準備接受被趕走的命運時，小嵐站了出來，她告訴護衛隊長，她要見瑞拉小姐，她可以幫助找回戒指。

其實小嵐也沒有把握一定能找到，只是想給自己創造一個能見到萬卡哥哥的機會，同時也給所有僕人一個機會。看那瑞拉小姐的樣子，真的有可能把僕人全趕走呢！

護衛隊長見過小嵐在宴會現場大顯身手，他這時

驚訝極了，難道這女孩不但射箭厲害，而且還會破案？他不敢耽擱，急忙帶着小嵐去找瑞拉小姐。

陷入天大煩惱中的瑞拉小姐，聽到小嵐說能協助破案時，很是半信半疑。射箭厲害，現在又說會破案，你是天才嗎？不是吹牛皮吧？

但小嵐之前在射箭場上創下的奇跡，又讓瑞拉小姐決定再相信一次，反正現在已無計可施，救命稻草也抓上一根，希望這女孩真能再一次創造奇跡吧！

「你跟我來。」瑞拉對小嵐說完，領着她走進了電梯，說，「記得我跟你說過的話，不該問的不要問，不該說的不能對外說。」

「是。」小嵐正為自己已一步步走近萬卡哥哥而心情激動，聽到瑞拉小姐的話，趕緊點頭答應。

電梯到了三樓，電梯門一打開，就見到一名護衛站在走廊，虎視眈眈地看着電梯裏走出來的人，見到是瑞拉小姐，朝她行了個禮。瑞拉小姐微微給了反應，然後領着小嵐從護衛身邊走過，往東面走去，來到了第一個房間。

房間門口站着兩名女僕，其中一名就是何希。見

到瑞拉小姐，兩人面上都露出惶恐害怕的表情。

她們都是瑞拉信任的人，所以才獲委派照顧王儲。但這次王儲的重要東西不見了，她們有直接責任。瑞拉小姐知道消息後的惱怒，讓她們明白肯定在劫難逃了。

之前還寄望小姐能把東西找回來，這樣她們還有可能逃過懲罰，但剛剛收到消息，卻是一無所獲，東西仍然石沉大海，無影無蹤。此時此刻，她們心裏更加絕望。尤其是發現小姐身後還跟着一名小女僕，好像是新來的小女僕。莫非她是來接替她們照顧王儲的？

瑞拉小姐冷着臉走近何希，小聲問道：「王儲怎樣了？」

何希低着頭，悄聲回答：「他還是小姐離開時那個樣子，一動不動的坐在窗前，不說話，也不吃東西。」

王儲失去記憶，心情很糟糕，之前就不愛說話，但偶然還是會跟她們溝通一下的。但自從戒指不見以後，他就一句話也沒說過。

瑞拉輕輕歎了口氣，說：「你進去把王儲送到臥室休息，我帶了人來查案。」

　　何希心裏一愣。原來這個小嵐不是來接替她們的。但是，她會查案嗎？不過她沒把奇怪表現在臉上。小姐既然還帶人來查案，就證明她還沒有放棄，也就代表着事情還有希望。說不定這個小嵐真有查案本事，把失物找出來，那自己這份工也就有可能保住了。

　　想到這，何希微微屈膝，說了聲：「是，小姐。」

　　瑞拉沒找到戒指，自覺沒臉見到王儲，所以她也沒進去，只是讓兩名女僕先進去把王儲送到臥室。

　　瑞拉和小嵐兩人在門口站了一會兒，何希和另一名女僕珍兒就出來了，說是已經把王儲送到臥室，讓他睡下了。瑞拉聽了，就帶頭走了進去。

　　客廳裏布置豪華又不失雅緻，素色牆紙，淡綠色暗花紋的布藝沙發，水晶大吊燈，牆上掛着好幾幅名家畫的油畫。右側有個大窗子，她之前就是見到萬卡站在那窗子前面。

沒見到萬卡哥哥，小嵐有點失望，但她還是收拾心情，開始向何希和珍兒一些情況。

　　兩名女僕把戒指失竊的前後情況詳細說了一遍。何希說：「王儲就是把戒指脫了，放在窗口那張桌子上，然後進了洗手間。大概五分鐘後，王儲就出來了，想戴回戒指，但發現戒指不見了。」

　　小嵐問：「王儲進入洗手間的那五分鐘，你們倆在哪裏？在幹些什麼？」

　　何希說：「我在廚房給王儲做早餐。」

　　珍兒說：「我進了王儲臥室整理牀鋪被子。」

　　小嵐又問：「這時候大門是關着的嗎？你們確定沒有人進來過？」

　　「不可能有人從門口進來。」何希搖搖頭，說，「門是關着的。從外面打開要用鑰匙。這套間的鑰匙一共有三把，我和珍兒各一把，還有一把在小姐那裏。所以，沒有人能開門進來。」

　　珍兒說：「這點我可以證明。因為東西不見之後，是我開門出去找小姐的。我開門的時候，門關得緊緊的，外面絕對進不來。」

「這事有點奇怪。沒有人進來過，但東西不見了。當時屋裏只有三個人，王儲總不會自己把東西藏起來卻說不見了吧……」小嵐把何希和珍兒兩人打量了一番。

「不是我們做的，不是！」何希和珍兒以為小嵐懷疑他們，急得擺手又搖頭。

「她倆是從小跟着我長大的，我想，她們應該不敢這樣做。不過，萬事有例外……」瑞拉冷冷地看了那兩個女僕一眼，嚇得她們打了個顫。

小嵐想了想走到窗口，朝外張望了一會兒。

外牆用光滑的花崗石砌成，塊與塊之間吻合得非常好，幾乎看不見有縫隙。牆上也沒有可以供攀爬的水管之類的東西，所以，如果有人想從地面爬上來，是絕對不可能的。

再看看附近的幾棵大樹，最靠近的那棵都離這裏有七八米遠，賊人也不可以爬上那些樹，然後跳過來。

只有五六分鐘時間，大門關上了不能進來，也無法攀上三樓從窗口進來，而屋子裏的人又不可能偷戒

指，那戒指是怎麼不見了的呢？

小嵐站在窗口苦苦思索着。

突然，外面響起了一陣吱吱喳喳的聲音。小嵐一看，原來是一隻鳥嘴裏叼着蟲子飛回來了，正朝附近那棵樹飛去。附近那棵樹上有一個鳥窩，窩裏有幾隻小鳥，正伸出小腦袋，張開小嘴叫着。看來叼着蟲子回來的應該是鳥媽媽，牠給鳥寶寶們帶吃的回來了。

飛回來的那隻鳥頭部和頸部是黑色的，腰部以上為灰色，腰部以下為白色。羽毛很有光澤，看上去非常漂亮。小嵐認出那是一隻喜鵲。

喜鵲！

小嵐的腦海閃電般亮了一下，她想起了喜鵲的一個特性，就是喜歡亮晶晶的東西。

珍珠戒指在陽光下肯定閃閃生光，會不會是牠……

小嵐馬上轉頭對瑞拉小姐說：「找人爬到外面那棵樹上，在那個鳥窩裏找找！」

瑞拉小姐見到小嵐一直站在窗口不作聲，心裏已有些不悅，心想這小女僕該不是騙我吧，自己竟然信

了她。正要開口時，聽到了小嵐那句沒頭沒腦的話。

「什麼？看看鳥窩？你胡說八道什麼！」瑞拉生氣了。

小嵐說：「小姐，我意思是，戒指有可能在鳥窩裏。」

瑞拉一愣，她瞪着小嵐，戒指自己又不會長腳，有什麼可能去了鳥窩。

小嵐笑着說：「我看見那棵樹上有個喜鵲窩。我聽說喜鵲有個特性，喜歡叼一些亮晶晶的東西回家，所以推測會不會是牠把王儲的戒指叼到窩裏了。」

瑞拉聽了半信半疑，但她還是不想放過這個可能。她對何希說：「你馬上下樓找護衛隊長，叫他上樹去找找。」

何希也聽到了小嵐的推測，她急忙應了一聲，快步走了出去。

瑞拉也走到了窗口，站在小嵐身旁，朝下面看。很快見到護衛隊長和一名護衛搬着一把梯子，走到那棵樹下，把梯子靠在樹幹上，那名護衛攀着梯子往上爬去。

他很快爬到壘了個鳥窩的地方，這時那鳥媽媽不在窩裏，可能又飛出去尋食了。窩裏幾隻還不會飛的小鳥嚇得吱吱亂叫，抖抖嗦嗦地縮成一團。

護衞盡量不傷害到牠們，把小鳥們捧到一邊，然後在窩裏的乾草翻找着。

樓上樓下許多雙眼睛緊張地盯着他。聽到戒指有可能在鳥窩裏，大家覺得不可思議，但又都抱着希望，那可是大家能保住清白保住飯碗的唯一希望啊！

突然，那護衞驚喜地大喊起來：「天哪，找到了！真的在這裏！」

他興高采烈地伸出手，朝大家揚了揚，所有人都清楚地看到，他手裏有什麼東西在陽光下閃閃發光。

頓時「哄」的一聲，人們歡呼起來了！

瑞拉長長舒出了一口氣。也不知這王儲為什麼對這戒指這麼看重，看他那失魂落魄的樣子，就像是失去了生命中最重的東西。如果戒指真的找不到，真不知道會對他造成多大打擊呢！幸虧……

瑞拉扭頭看了看一臉開心笑容的小嵐。她感激小嵐，感激在自己無計可施的境地裏，幫了自己，找到

了王儲的心愛之物，不然後果不堪設想。但她也妒忌小嵐，自己在圖也國有天才少女之稱，但如今卻在這女孩子面前黯然失色，比射箭比不上，比破案也拍馬難追，幸虧這女孩不是圖也國貴族小姐，否則這儲妃就沒自己什麼事了。

瑞拉小姐越想越心驚，心裏頓時警鈴大響，這女孩比自己年輕，好像也比自己漂亮了一點點，還這麼聰明，不能讓她離王儲太近。萬一王儲喜歡上了，那自己就連哭都沒地方哭了。

感激、妒忌、警惕，在瑞拉心裏交戰着，到最後還是保持了理智。手下這麼多人看着小嵐射箭立功，看着小嵐破了戒指丟失案，如果自己不給獎勵，那今後還有誰會忠心耿耿對自己！想到這裏，她果斷地當眾宣布：「從明天開始，小嵐升為一等女僕。」

大家都鼓起掌來。

「謝謝小姐！」小嵐笑着說。

瑞拉看着面前帶着得體微笑、寵辱不驚的女孩，她心裏很是不理解。得到這麼大的恩賜，不是應該痛哭流涕、對自己感恩戴德的嗎？這小女僕冷靜得有點

過分啊！

真的只是一個來圖也國打工掙學費的小女生嗎？

# 第十四章

## 管衣櫥的一等女僕

由於戒指是喜鵲叼走的，跟東樓的人全無關係，所以，瑞拉小姐並沒有處罰任何一個人。

大家明裏感謝瑞拉小姐，暗裏卻感謝小嵐。多虧這女孩子挺身而出幫小姐破案啊，不然咱們這一大幫人今天全都要被趕出惠士登莊園了。

圖也國的貴族身分至高無上，謹次於皇室，因此，被貴族打上「偷竊犯」烙印的人，基本就無人會請，只能去做些別人不想做的又辛苦又錢少的工了。

警報解除，僕人們紛紛回崗位，他們邊工作邊議論：

「那女孩年紀小小，怎麼就那麼有能耐呢？」

「是呀是呀，射箭得冠軍，破案又聰明，哇，而且還長那麼漂亮！」

於是，人人都唉聲歎氣起來，自己家裏怎麼就沒

有這樣的好妹子，好女兒，好孫孫呢！

再說小嵐被升為一等女僕，心裏還是很高興的，因為她早前就打聽過，作為一等女僕可以享有很多權利，其中包括，她的活動範圍不會局限在某處，而是整個東樓她都基本上能去。當然，目前來説，萬卡哥哥的房間肯定除外。不過，她可以跟那兩個女僕打好關係，想辦法進去。

小嵐正在整理花園，站好最後一班崗，這時達亞來找她了。

達亞親切地拉着小嵐的手説：「小嵐，恭喜你呀，這麼快就升到一等女僕了。一般人不在這裏幹十多年，都難做到這等級呢！不過，這也是你應得的，你幫了小姐，也幫了我們這裏所有人呢！如果不是你找到了戒指，小姐一怒之下，還真有可能把我們全都解僱了。小嵐，我謝謝你，同時也代表所有人謝謝你。」

小嵐笑着説：「不用客氣，我幫你們，同時也是在幫自己。」

「真是個好孩子！」達亞笑着摸了摸小嵐柔順的

頭髮，說，「對了，我今天找你，是告訴你今後的工作。這是小姐安排的，你以後主要是負責打理小姐的衣櫥。」

「衣櫥？就只負責打理衣櫥？」小嵐眨眨眼睛，心想，衣櫥有多大，這工作好輕鬆啊！

她在嫣明苑也有衣櫥，是瑪亞負責打理的，無非就是為她準備每天要穿的衣服、把穿過的衣服拿去洗，還有時不時提醒她添置一些新衣服，就沒別的事了。可是人家瑪亞除了給她管衣櫥，同時還管着整個嫣明苑，是嫣明苑的大管家。

達亞笑了，說：「小嵐啊，別以為管衣櫥很輕鬆，等會兒你別叫苦連天。小姐的衣櫥在二樓，我這就帶你看看，再跟你說說你的工作日常。」

小嵐跟在達亞後面，心裏在嘀咕，什麼叫苦連天，管個衣櫥有那麼可怕嗎？

從花園去東樓二樓有一小段路，小嵐可不想放過這機會，她想打聽一下照顧萬卡哥哥的人，有沒有被換掉。所以故作擔心地問達亞：「達亞姐姐，何希和珍兒兩位姐姐沒有被小姐懲罰吧？比如說降職什麼

的。」

「沒有。」達亞説。

小嵐鬆了口氣。何希和珍兒這兩姐姐人挺好的，跟她們打好關係不難。所以她不想換了別的人。

達亞帶着小嵐上了二樓。瑞拉小姐出去了，整個樓層很安靜，不時有僕人走過，也是輕輕的。達亞帶着小嵐，在二樓的一個房間門前站住了。她拿出鑰匙打開門，示意小嵐跟着進去。

小嵐的眼睛一下子睜得大大的，這也叫衣櫥？叫商店還差不多。足有幾千呎的房間，擺放着排列整齊的一行行的鑲玻璃門的衣櫃，衣服之多，簡直比得上一家超大型的時裝店了。而房間的北面，放着二十多個鞋櫃，粗略計算，有不下上千雙鞋子。房間的西面，又是幾個大玻璃櫃子，裏面放着一個個擺放整齊的手袋。

小嵐不禁有點發愣，暗暗搖頭，這些貴族小姐，太奢侈了吧！

説起來，小嵐是個公主，她的身分比瑞拉要高很多，而烏莎努爾也是個富有的國家，萬卡哥哥也很寵

她，小嵐不愁沒有錢花。但小嵐卻從不會揮霍無度，她的衣服鞋子什麼的，還沒有曉晴的多。

達亞見到小嵐發呆，笑着說：「知道我為什麼說你會叫苦連天了吧！瑞拉小姐喜歡收藏衣服、鞋子和手袋，這裏的東西她大多沒穿過，沒用過，買回來大多是為了閒暇時欣賞。這麼多衣服鞋子，還有手袋，你要管好，要保持乾爽，不讓出現霉點，不能有異味，不同的櫃子要求不同香味。鞋子要每天擦，手袋要每天做好保養……嘿，還有很多要做的事，要注意的地方，我不一一說了，說了你也記不住。我已經讓之前管衣櫥的人把注意事項詳細寫下來，我這就回去拿來給你，到時你要一條條記住。」

小嵐聽得頭皮發麻，怪不得要專人來管這事呢！

小嵐心裏實在是不想幹這工作，但又沒辦法拒絕，只好納悶地點頭。

達亞朝門口走去，她然又想到了什麼，回身走回小嵐身邊，說：「差點忘了跟你說。小姐讓我提醒你，這東樓的所有地方你都可以去，但有一個地方除外，就是之前曾失竊的那個地方，三樓從東面數起第

一個套間。」

「啊！那我去找何希她們玩也不行嗎？」小嵐問。

達亞鄭重地說：「工作之餘的話，應該可以。但不能去她們工作的地方。那裏除了瑞拉小姐，何希和珍兒，任何人都不能進。我也沒進過。」

達亞又看了小嵐一眼，轉身走了。

小嵐看着達亞的背影，心裏很煩躁，看來，尋找卡哥哥之路有點不順利，自己仍需努力啊！不過，總有機會的，天下事難不倒馬小嵐！

小嵐這樣想着，開始在一行行的衣櫃間走着，看看這瑞拉小姐究竟收藏了些什麼衣服。

香奈兒、迪奧、普拉達、範思哲……這瑞拉小姐大概是想把世界十大名牌都買進來收藏呢！

小嵐又去看那些包包，紀梵希、巴黎世家、博柏利……又是名牌！

她不想再看了，見到牆角有張椅子，便走過去坐了下來，打算好好想想事情。

# 第十五章
## 謝謝小神探

　　沒想到小嵐還沒把椅子坐暖，就聽到達亞在敲門，喊她名字：「小嵐小嵐！」

　　小嵐趕緊去開門，達亞一把拉住她的手，說：「跟我來！」

　　小嵐有點莫名其妙：「啊，去哪？」

　　達亞故弄玄虛：「到了你就知道。」

　　小嵐只好跟着她走。達亞把她帶到樓下的僕人餐廳，神神秘秘地說：「你把門推開。」

　　小嵐朝達亞看了一眼，達亞用下巴指了指房門，小嵐警惕地看了達亞一眼，說：「別是在房門頂上放了一盆水，一推門淋我一身吧？」

　　達亞哭笑不得：「我們有那麼調皮搗蛋嗎？」

　　小嵐也笑了，對，這種惡作劇只有曉星那種熊孩子才會做。惠士登莊園的僕人都循規蹈矩的，真不用

擔心他們會做這種無聊事兒。

於是，她上前幾步，把門推開……

突然，「嘩啦啦」……

啊，難道真是門上放了一桶水?!那我們的小嵐豈不是……

別擔心，這嘩啦啦的聲響不是水，而是一陣熱烈的掌聲。不過，那聲音也着實把小嵐嚇了一跳，定了定神，才發現屋子裏密密麻麻地站着人，那是東樓工作的全部僕人。那些人一齊向她鞠了個躬，齊聲説道：「謝謝小嵐！謝謝小神探！」

小嵐不好意思地説:「小事一件，不用客氣！」

達亞笑着説：「這絕對不是小事，如果不是你，我們這幫人現在都不知怎樣的下場呢！」

「是呀是呀，小嵐你真棒！」

「小嵐，我們都把你當偶像了！」

「小嵐比福爾摩斯還厲害！」

大家都在稱讚小嵐，這時，達亞推出來一個三層高的大蛋糕，説：「這是我們大家湊錢買的。一來謝謝你，二來一起慶祝我們在小嵐的幫助下，逢凶化

吉、萬事如意！」

「讓小嵐來切，讓小嵐來切！」屋子裏鬧哄哄的，熱鬧極了。

小嵐處身在這樣一羣純撲的人當中，開開心心地切蛋糕，吃蛋糕，也暫時忘記了自己的煩惱。

午休時間結束，大家也吃完了蛋糕，各自散去，返回崗位工作。

何希手裏拿着一個紙碟，上面放着一塊蛋糕，那是她準備拿回去給在房間當值的珍兒的。剛走到樓下儲物室門口，聽到有人在後面叫她名字：「何希姐姐，何希姐姐！」

她停下腳步，扭頭一看，笑着説：「小嵐，是你呀！有事嗎？」

何希對小嵐是充滿感激的，因為如果戒指找不回來，她和珍兒這兩個專門負責照顧王儲的女僕，就要承擔主要責任。被辭退已是輕的了，如果瑞拉小姐還不肯放過的話，甚至要承受更重的處罰，那她們兩人在職場上就等於被判了死刑了，找工作就非常難了。

何希弟弟自小得了腎病，十多年來一直靠着龐大

的醫療費用維持生命。何希父親早死，母親因為太過操勞落下一身疾病，再也不能工作，所以，全家的生活費，還有弟弟的醫療開支，都靠何希的工作收入，幸好何希作為貼身女僕薪酬很高，還能勉強應付所有開支。這次要不是小嵐破了案，何希丟了這份高收入的工作，那她一家就真是走投無路，陷入絕境了。

小嵐笑嘻嘻地說：「何希姐姐，聽說你很會做藥膳，我有時間可以去找你學嗎？我媽媽身體不好，我很想學會做藥膳，給媽媽調理身體。」

何希一愣，她心裏對小嵐真是千恩萬謝，小嵐有需要幫助的，她肯定二話不說就答應。可是，現在小姐委以重任，自己一天到晚二十四小時都要留在王儲身邊，看護照顧，根本不可能教小嵐。

何希臉上露出為難的神情，小嵐見了，忙說：「姐姐，我不用你特別找時間教我，只要你做藥膳的時候，讓我在旁邊看就行。我保證，不該看的不看，不該問的不問，我只是呆在廚房，看你怎麼做藥膳。」

小嵐得設法找機會進入萬卡住的房間，給自己創

造見萬卡哥哥的機會，因為她現在連接近門口也難。之前瑞拉帶她前去破案，她就見到三樓走廊裏站了一名護衞。現在只能跟何希打感情牌，看能不能讓何希帶她進去了。

何希猶豫很久，看上去她心裏糾結萬分。小嵐見了，心裏也很內疚，因為這的確有點強人所難。但是，為了能見到萬卡哥哥，也只能厚着臉皮了。

過了一會兒，何希滿面歉意地看着小嵐，説：「小嵐，你幫了我這麼大的忙，本來我很想滿足你的要求的。只是，瑞拉小姐定下的規矩，誰也不能違反。不過你放心，以後有機會的，有時間我一定教你。」

何希所以説以後會有機會的，那是她認為王儲只是暫時留在惠士登莊園，等他離開了，自己也就不會因為保密，一天到晚得留在那個大套間裏，那時候她就有時間教小嵐了。

何希哪裏知道，小嵐學做藥膳是假，見萬卡是真，她要的就是在這時候儘快與萬卡見面。

「何希姐姐，那我不耽誤你工作了，再見。」小

嵐朝何希揮了揮手，朝三樓走去。

　　何希看看手裏蛋糕的奶油都快融化了，便加快腳步回三樓。

# 第十六章
## 萬卡哥哥重拾記憶

再說小嵐怏怏不樂地回到房間。還是沒法見到萬卡哥哥，怎麼辦呢！

明天就是國王出訪的第十天了，是國王原定回國的日子，如果明天國王沒有回國，黑森國一定有所行動，海上挑釁會進一步升級。只是手機被沒收了，一直沒法跟萊爾首相聯繫，不知道具體情況。

她不能白天去柏太太的辦公室打電話，因為有柏太太在，說話不方便。她想了想，決定等晚上東樓的人都睡了，偷偷去柏太太的辦公室打電話，向萊爾首相了解情況後，再決定下一步做法。

下午，小嵐按捺着焦急的心情，按着工作安排，在瑞拉小姐的「衣櫥」裏吸塵、擦地板、擦櫃子、擦鞋子、給衣服熏香……

忙了一下午，又匆匆地去吃了晚飯，小嵐就早早

回了自己位於一樓的房間，洗漱後就趕緊睡下了。

　　半夜時分，小嵐起牀了，她換了一身黑色衣服，穿了一雙黑色的鞋子，悄悄地走出了房間。

　　整個東樓都很安靜，所有人都在睡夢中，只聽見花園裏小蟲在「唧唧唧」地叫着。小嵐急急去到了柏太太的辦公室，房門關着，她伸手推了推，沒推開，便從口袋裏拿出一條鑰匙。

　　這鑰匙是曉星早前在波波的尋寶商店買的*。波波小嘴兒甜甜的，說這是萬能鑰匙，可以開啟世界所有門鎖，哄得曉星掏錢買了，曉星還洋洋得意地在姐姐們面前炫耀，說是得了一個寶物。

　　小嵐和曉晴都不相信有什麼萬能鑰匙，根本上門鎖結構都各有不同，哪會有一條能開啟所有門鎖的鑰匙。能打開幾把鎖就已經是很湊巧的了，所以對曉星的所謂「寶物」不屑一顧。

　　曉星不服氣，為了證實自己這把鑰匙的確「萬能」，便在一個月黑風高之夜，賊兮兮地跑到曉晴房間門口，打算用萬能鑰匙把房門打開，用事實來說話，讓兩姐姐無話可說。

* 想知道更多關於波波的故事，可看《公主傳奇38 情牽藍月亮》。

誰知道，「出師未成身先死」，那道門鎖被他捅來捅去都沒能打開，反被小嵐當場抓獲。為免這傢伙繼續「作案」，小嵐當場把鑰匙給沒收了。

　　小嵐隨手把鑰匙扔進了自己的背囊，然後就把它忘了。她這次從國內出來又剛好背了那個背囊，早兩天整理東西時才翻了出來。

　　今晚她打算偷偷潛入柏太太辦公室，便想起了那條鑰匙，便隨手放進了口袋裏。反正帶在身上以防萬一，或者真的瞎貓碰着死老鼠，真的能開門鎖呢！

　　小嵐輕輕地把鑰匙放進匙孔，咦，進去了，她心裏一喜，馬上一扭，沒扭動，再一扭，還是沒扭動。她又左扭右扭弄了一會，終於死心了。心裏把波波罵了個狗血淋頭，這小奸商！

　　她想了想，決定不再猶豫了。估計黑森國的挑釁不會停止，只會更加猖狂，萬卡哥哥要儘快回國。現在就去三樓，見機行事，看能不能見到萬卡哥哥，帶他離開。

　　小嵐沒有坐電梯，而是從樓梯走上了三樓。三樓靜悄悄的，小嵐把樓梯門打開了一條縫，觀察走廊裏

的情況。謝天謝地，白天守着的護衞竟然不在。

　　自己運氣太好了！小嵐心中狂喜，她悄悄來到萬卡住的那個套間門口，細心地聽了一會兒裏面的動靜，靜悄悄的，人應該都睡了。

　　她推了推門，這回運氣沒那麼好了，門一動不動，關得嚴嚴的。小嵐只好又摸出曉星那條鑰匙，心想，這回再打不開，就把它扔了。她小心地把鑰匙放進匙孔，一扭，輕微的「嗒」一聲響，聽在小嵐耳朵裏就像天籟之音，哈哈，打開了，竟然真的打開了。

　　小嵐似乎已經看到了勝利的曙光，她按捺着興奮的心情，慢慢地推開門。借着微弱的月光，看到廳裏沒有人，房裏的人應該都在各自卧室睡覺。

　　小嵐反手關上門，走了進去。她環視了一圈，迅速找到了主卧室，便毫不猶豫地走過去，輕輕推開門。

　　卧室裏的一切在黑夜裏都是矇矓矓朧的，但也不妨礙小嵐很快找到了大牀的位置，她輕手輕腳走了過去。牀上躺着一個人，雖然月色暗淡，但小嵐一眼就看出了，這人就是萬卡哥哥。

143

小嵐心裏翻上一個熱浪頭，眼眶馬上濕潤了。萬卡哥哥，這一次我一定不會再讓你從我眼前消失。

這時月光剛好從雲層中走出來，視線清晰了一些，小嵐看到了萬卡哥哥那張線條優美的臉，那高挺的鼻子，那抿得緊緊的嘴唇。只是他那眉心是緊皺着的，像是藏了許多心事。

小嵐的眼淚嗖地掉下來了，萬卡哥哥，都怪我，都怪我！我應該早點來找你的。

淚水掉在了被子上，發出輕微的「啪」的一聲響，牀上的萬卡嗖地睜開了眼睛。這些日子萬卡一直睡不安穩，所以一點細微聲音都能把他驚醒。

他迅速用手撐着牀坐了起來，喝道：「誰？你是誰？」

小嵐又委屈又無奈，萬卡哥哥，你究竟出什麼事了，為什麼不認得我？

「萬卡哥哥，是我，是我！是你說過的，最最喜歡的女孩兒小嵐！」小嵐嗚咽着。

萬卡臉上警惕中又帶着狐疑，他盯着小嵐的臉看了好一會兒，最終浮上了怒氣：「什麼小嵐？我根本

144

不認識你。我也不是你的什麼萬卡哥哥，你給我出去！」

「萬卡哥哥，你⋯⋯你真的不記得我了嗎？」小嵐很傷心，她怕驚動了屋裏其他人，只能用手捂住嘴，拚命壓抑着哭聲。

她咬了咬牙，這裏不能久留，如果何希她們醒來就麻煩了。她急忙擦了擦眼淚，拉着萬卡的手，急切地說：「萬卡哥哥，你得馬上跟我走。快，讓人發覺就走不了啦。」

萬卡狠狠地甩開了她的手，怒道：「我為什麼要跟你走，我又不認識你？」

「萬卡哥哥！」小嵐又急又無奈，忍不住嗚嗚哭了起來。

萬卡由憤怒變為茫然。他看得出來，眼前女孩的傷心難過不是裝的，但是，他記憶中一點都沒有這個女孩，沒有「小嵐」這個名字。因為他連自己是誰都不記得了。

他幾天前一醒來，就是身在這間屋子，右腿斷了，腦子裏好像被清空了，什麼都不記得。當時他都

傻了，我是誰？我在哪裏？我是怎麼受傷的？

有一個渾身貴族氣的女孩自稱是他的未婚妻瑞拉，告訴他，他叫李爾，是圖也國尊貴的大王子，已確立的王儲。他這次受傷，是有人害他，想篡奪他的王儲之位。所以，瑞拉要把他留在這裏養傷，等傷好了，再在適當時機出現，粉碎那些人的陰謀。

但是，他不相信，不相信那個自稱的未婚妻，儘管她很漂亮很溫柔；他也不相信自己是什麼王儲，他把自己的感情封閉起來，盼望有一天記起一切。

眼前女孩的眼淚，好像把他封閉的情感打開了一絲絲縫隙，他沒來由地感覺到一點心軟。皺着眉頭盯了小嵐一會，他說：「你說我叫萬卡，那你告訴我，我是什麼人？」

小嵐正傷心，聽到萬卡說話，似乎對自己不那麼抵觸了，她趕緊擦去眼淚，說：「萬卡哥哥，你是烏莎努爾公國國王，早前你率領代表團到南山國訪問，在南山國期間乘坐飛機到一個小島視察訪問，途中飛機失事，掉落大海。」

萬卡的眼睛霎時睜大，嘴角慢慢露出一絲嘲笑。

又是一番新的謊言，不過這回自己身分不是圖也國王儲了，變成了烏莎努爾公國國王。既然是這樣，烏莎努爾怎麼不把自己接回國，而是讓自己呆在圖也國？這些女孩怎麼都這樣會編故事，她們都是寫小說的吧！

萬卡哼了哼，說：「那後來呢？後來又怎樣來到了這裏？」

他想聽聽小嵐怎麼繼續編下去。

「自從你飛機失事，萊爾首相和南山國的搜救隊伍，展開了大規模搜救，一同乘坐飛機的人都找到了，已經全部罹難，唯有你全無消息。我相信你一定還活着，我跟着萊爾首相乘搜救船在海上尋找，夜晚歇息時，我做了個夢，夢境十分逼真，我看到伏在海灘上，海浪在翻湧，眼看就要把你捲回大海裏……」

萬卡大睜雙眼，他發現自己不知不覺被這個「故事」吸引了。

小嵐繼續說着：「醒來之後，我感到很不安，便自己駕駛着一艘小型船隻去找你，真的在一處海灘邊上發現了你，而那時的你，已經快被海水捲回海裏

了。我跳進海裏，游向海灘，游到你的身邊，把你拉到安全的地方。」

「你……你這麼一個女孩子，竟然……」萬卡睜大眼睛，打量着小嵐單薄的小身板，真有點不敢想像，她是如何在茫茫大海中遊向岸邊，如何把自己一個大個子拉扯到安全地方的。

萬卡自己沒有發覺，潛意識中，他已經相信了小嵐的「故事」，問道：「那後來呢？後來你就把我交給了瑞拉？」

「怎麼會！」小嵐撅着嘴，一副很生氣的樣子，「說來也怪我。把你拉到安全地方以後，檢查過你沒有生命危險，我才放了心。正想打電話給萊爾首相，發現背囊不見了，才想起之前拉你上岸時，把背囊放在海邊一塊礁石上。我趕緊跑回去找，背囊除了有手機，還有很重要的東西，就是你送給我的那條手鏈。」

小嵐說到這裏，把手腕伸到萬卡面前。

鉑金手鏈上面的銀色小心心晃呀晃的，在月色下顯得格外晶瑩剔透。萬卡目光凝固了，他低着頭，死

死地盯着那條手鏈，混混沌沌的腦子裏突然冒出了一句話：「小嵐，這手鏈上掛着的是我的心，我把自己掛在你手上，賴上你了。」

他記起來了，那是他説過的話。小嵐，果然有小嵐這個人，他給小嵐送過一條手鏈，他把自己的心掛了在手鏈上。

萬卡猛地抬起頭：「小嵐？你是小嵐？！」

小嵐一聽激動得又哭又笑：「萬卡哥哥，你終於記起我了！你終於記起我了！」

萬卡這時只覺得腦子逐漸變得清明，很多事情瞬間湧上了腦海。

和小嵐在一起的開心日子、烏莎努爾的危機、黑森國衝突、飛機墜毀、漂浮在海上時九死一生、游向海岸……

腦子裏一幕幕回放，到了他從海中奮力爬上沙灘，然後就沒了。相信那之後他就昏倒了。小嵐剛才的述説讓他又知道了後來發生的事：他在海灘上被海浪沖刷，隨時被捲回海裏，危急時刻被小嵐救回……

「小嵐！」他一把將小嵐抱在了懷裏。

雖然説，男兒有淚不輕彈，但萬卡這時還是眼冒淚花。他想像得出，自己這次出事，令小嵐多麼的傷心難過、擔驚受怕。

　　「對不起，對不起！」萬卡抱着小嵐，嘴裏不停地説着。

　　「沒事，沒事！」小嵐又是高興又是激動，她臉上笑着，但眼淚卻嘩嘩地流，多少天來的憂慮、擔心、無奈，彷彿在剎那間煙消雲散。

# 第十七章

# 真相大白

萬卡突然想起什麼，便問道：「小嵐，你在沙灘上發現我之後，又發生了什麼事？我們為什麼來到了這裏，而你為什麼還當了女僕？」

萬卡狐疑地看着小嵐穿着的那身女僕裝。

「我想打電話發現背囊不在，就返回水邊尋找，背囊找到了，但我卻因為精疲力盡，昏倒在礁石後面。當我醒來後，已不見了你的蹤影，只見到沙灘上很多腳印，有人在我昏倒的那段時間，把你帶走了。」

萬卡聽到這裏，內疚地說了一聲「真對不起」，然後又問：「那後來你又是怎麼追到這裏找我的？」

小嵐說：「我到處找不到你，很絕望，就坐在地上哭了。這時，一個大哥哥走過來，我一看還把他認錯了，把他當成了你呢……」

小嵐把李爾怎樣幫忙找線索，怎樣在沙灘上發現惠士登家族族徽，推斷是惠士登家族的人把萬卡帶走，然後李爾用飛機送自己來了圖也國。自己又應聘到惠士登莊園尋找萬卡，又怎樣由洗碗工到一等女僕，一一說出。

　　「小嵐，真難為你了。為了我，你堂堂一國公主，竟然來到這裏當女僕，在那個貴族小姐面前委曲求全。」萬卡真沒想到這段時間發生了這麼多事，而小嵐一個小女孩，承受了這麼大的壓力，為他做了這麼多事。他歎了口氣，又說，「瑞拉究竟為什麼把我帶來圖也國，還有奇怪的是，瑞拉為什麼跟我說，我是圖也國的王儲，還說她是我未婚妻？她腦子有毛病嗎？」

　　「這個我也想不明白，說她是神經病，但覺得她又蠻清醒的。但她要是正常人的話，怎麼會把一個不認識的人帶回家，還認作未婚夫。這事處處透着古怪，也不知跟你墜機的事，還有黑森國的事有沒有關聯。」小嵐說着看向萬卡，「黑森國艦隊的海上挑釁升級了，戰爭隨時有可能發生。」

萬卡怒容滿面：「太可惡了！雖然我們不怕打仗，而且我們也有戰勝他們的信心。但戰爭是殘酷的，是人類的災難，會奪走千千萬萬人的生命，所以必須制止。小嵐，我們得馬上回國。」

萬卡說着就想下牀，他已經忘了自己的腿受傷了。剛剛的大動作弄痛了傷處，他不由得「哎呀」一聲，額頭頓時冒出豆大的汗珠。

「萬卡哥哥，你怎麼了？」小嵐嚇了一跳。

萬卡無奈地把自己的腿受傷的事告訴了小嵐。

小嵐聽了眼淚又冒出來了。可以想像，萬卡哥哥在飛機失事之後，是經歷了怎樣的痛苦和艱難，才能從海上逃生，游到海灘的。

她擦了擦眼淚，現在不是難過的時候，得趕緊離開這裏。她對萬卡說：「我剛才在客廳裏見到一輛輪椅，我去推過來。」

小嵐馬上起身，跑去拉開房門。門一開，猛然見到門外站着一個人，嚇得她差點叫出聲來。

「何希姐姐！」小嵐驚詫地說，「何希姐姐，你……」

何希剛要開口，小嵐就一把將她拉進了房間，然後又把房門關上了。

「何希姐姐，你站在門口多久了？」小嵐想知道她有沒有聽到自己跟萬卡的對話，有沒有洩露身分。

她這才意識到剛才他和萬卡哥哥都因為太激動，忘記了壓低聲音。如果有心人站在門口，說不定聽到了他們的對話。

何希低着頭，小聲說：「國王陛下，公主殿下，請原諒我聽了你們的對話。公主殿下進來時，我就聽到動靜了。珍兒因為感冒，吃了藥睡得死死的，所以我今天特別警醒。我聽到動靜，怕有人來害王儲，所以馬上就起了牀走了過來，到了門口，就聽到了你們說話，知道了你們的真正身分。」

小嵐和萬卡對視一眼，心想有點麻煩了。

何希繼續說：「其實，我知道小姐為什麼把國王陛下帶來這裏，因為她認錯人了，以為你是我們失蹤多時的王儲。我們小姐是兩年前由國王為王儲指定的儲妃。」

「認錯人？真是咄咄怪事。」萬卡聽了愕然。

「怎麼連自己的未婚夫都會錯認！」小嵐也覺得不可理喻。

「因為自從六年前王儲出國讀書之後，小姐就沒見到過王儲。之前的選妃，王儲也沒回來。所以小姐對王儲的樣貌記憶，是停留在六年前的。」何希這時抬頭看了萬卡一眼，又說，「早兩年，曾有傳媒人從王儲留學的東芒國，偷拍回來王儲的一張照片，登在報紙上。那張照片上的王儲，真的挺像國王陛下。」

萬卡和小嵐都覺得很詫異，沒想到還有這樣的怪事。小嵐問：「你們王儲失蹤了嗎？」

何希點點頭：「是的，王儲五年前去了東芒國讀書，他是故意逃避的，他不想當王儲，他只想當一個自由自在的藝術家。一年前，他甚至斷絕了跟皇室的聯絡，沒了蹤影。有皇室發言人透露，如果今年的國慶日，王儲還沒找回來，國王就會另立一位王儲。我們小姐急了，親自帶着我和珍兒去東芒國找人……」

何希把瑞拉小姐怎樣親自去東芒國，聘請當地偵探社協助尋找，始終找不到王儲下落，然後傷心地回國的事說了：「我們找不到人，便坐私人直升機回

國，途中，在南山國停留作檢修，沒想到瑞拉小姐因過度疲勞身體出現問題，所以留在南山國逗留了幾天。那天在沙灘散步時，我們發現了昏迷的國王陛下。小姐一看，就把國王陛下認作王儲，因王儲當時昏迷不醒、渾身是傷，小姐懷疑是想爭儲位的人蓄意謀殺，所以就悄悄把王儲帶回莊園，秘密養傷。國王陛下醒來後，又失了憶，根本不知自己身分，所以就這樣一直誤會下去……」

事情原來是這樣！一切疑問都迎刃而解了。

小嵐對萬卡説：「萬卡哥哥，既然這事的起源是因為瑞拉小姐誤會而起，不如我們找瑞拉小姐説明一切，讓她送我們回國。」

萬卡想了想，搖搖頭説：「不能找她，因為不知道她失望之下會有什麼反應。為免節外生枝，我們還是悄悄離開惠士登莊園，到了市區，我們去租一架飛機，直接回國。」

「好，聽萬卡哥哥的。」小嵐點頭説。

小嵐看向何希説：「何希姐姐，我們得馬上離開這裏。你會幫我們嗎？」

何希猶豫了一下。她明白，從道理上，她是應該幫忙的。把人家一個國家的國王困在這裏，本來就很匪夷所思，何況人家國內還有着大麻煩，國王急需回去。

另外，在戒指失竊事中，小嵐也幫過自己。投桃報李，自己也應該幫這個忙。

但是，如果讓他們走了，自己的下場可想而知。那就不是解僱的事了，肯定還有更嚴厲的處罰。

萬卡明白她想什麼，說：「我們可以把你綁起來，到時你可以說，是我們把你打昏了。」

何希一聽馬上點頭：「謝謝國王陛下想得周到。」

何希想了想，從口袋裏拿出一個遙控器，交給小嵐：「這上面的綠色按鈕是開啟我們東樓小門的。紅色按鈕，是開啟外面莊園大門的，沒有這個，你們出不去。」

「謝謝你，何希姐姐。」小嵐很感激何希的幫忙，「何希姐姐，不管你怎麼撇清自己的責任，我想你們小姐都會為難你的。來烏莎努爾吧，帶上你的家

人，我會讓你們一家過上安穩的日子，我還會想辦法治好你弟弟的病。」

何希歎了口氣説：「離鄉背井，不是每個人都願意的。我怕我父母不答應。不過不管怎樣，我都要謝謝公主殿下。」

「什麼時候想通了，就來找我，這個承諾永遠有效。」小嵐真誠地説。

「謝謝公主殿下。」何希説，「天快亮了，你們趕緊走吧！」

何希和小嵐一起替萬卡穿好出門的衣服，又把萬卡扶到輪椅上坐下。小嵐的重要東西都在小背囊裏，可以馬上就離開。

細心的小嵐給萬卡穿了一件連帽外衣，給他戴上帽子，把他眉眼遮住，免得被人看到時又惹麻煩。

小嵐讓何希側躺在牀上，自己用繩子把她的雙手和雙腳都用繩子綁起來。她對何希説：「委屈你了！希望我們還有見面的機會。再見！」

何希笑着説：「再見。一路平安！」

小嵐朝何希揮揮手，然後推着萬卡走出了房間。

何希看着已經掩上了的門，腦袋一歪，眼睛一閉，開始裝昏了。

# 第十八章
# 逃出惠士登莊園

　　惠士登莊園靜悄悄的，除了幢幢的樹影，路上連個人影兒都沒看到。路燈發出淡黃色的光芒，而城堡內每個窗口都漆黑一片。小嵐推着輪椅，朝東樓的小門走去，寂靜中只聽到了輪椅滾過路面發出的沙沙聲。

　　小嵐和萬卡都不發一言，得儘快走出惠士登莊園，如果還沒走出去就被發現，那就前功盡棄了。

　　幸好有了何希給的開門遙控器，他們出了東樓，又順利走出了大門，兩人都不約而同舒了口氣，終於離開惠士登莊園了。等天亮時瑞拉發現人不見了，他們已經離得遠遠的了。

　　萬籟俱寂，只有不知名的小蟲偶爾悉悉地叫幾聲。小嵐不敢拖延，推着輪椅快步走着，很快走出了私家路，踏上了通向市區的公路。

一路上，兩人都留意着有沒有車輛經過，好讓他們搭一趟順風車。因為推着輪椅走回市區這是不可能的，那麼遠的路，小嵐沒法做到；二來，走路太慢，萬一瑞拉發現得早追來，很可能就把他們追上。

聽着身後小嵐那微微的喘息聲，萬卡知道她累了，不禁感到心疼。倒是小嵐一直都興高采烈的，能把萬卡哥哥帶回國，不管多累也值得。

可惜，走了二十多分鐘，公路上仍靜悄悄的，連個車影兒都沒見到。小嵐扭頭朝惠士登莊園方向看去，那裏跟他們離開時一樣，仍漆黑一片，看來莊園裏的人都在沉睡，還沒有發覺他們的逃離。

萬卡扭頭看了看小嵐，小聲説：「小嵐，辛苦你了。」

「不辛苦。」小嵐推着輪椅，開心地説，「找到萬卡哥哥，我渾身都是力量。」

「小嵐，你真棒！」萬卡由衷地説。

「嘻嘻，你現在才知道啊！」小嵐笑着説。

突然，輪椅好像咯到了什麼，顛了一下，小嵐低頭一看，平整的地上散了些碎石子，可能是運石子的

貨車中途掉下來的。

小嵐一開始沒當回事，繼續推着輪椅走，但發覺車子推起來沒之前那樣順暢了，還發出了些異樣的聲響。

怎麼回事，小嵐停下來，蹲下看了一會兒，發現原來鼓鼓的右邊輪胎，現在明顯扁了下去——輪胎被扎破，漏氣了。

肯定是被剛才那些碎石子札破的。

「怎麼了？」萬卡問。

「輪椅的車胎被扎破，漏氣了。」小嵐歎了口氣，「都怪我。剛才沒看到路上有碎石子，如果當時繞開了，就不會給扎了。」

萬卡說：「別責備自己。路燈太暗，也很難看得清楚路面。」

「不怕，大不了使多些勁。」小嵐是很樂觀的。

「小嵐，真對不起。這次發生的事情，真是難為你了。」萬卡十分內疚。他心裏真的很捨不得讓小嵐這麼辛苦。

「沒事！」小嵐又試着推了幾步，原來輕易就能

推動的輪椅，變得異常沉重。

小嵐愁得雙眉緊皺，怎麼辦？這樣子到天亮也走不遠。

想到這，她又扭頭往惠士登莊園方向看了一眼。這一看，她的眼睛頓時睜得大大的——他們剛剛逃離的那個莊園，這時燈火通明，像是整個莊園的燈全都亮了。

「萬卡哥哥！」小嵐喊了一聲，「你看看莊園那邊。」

萬卡一看，馬上臉色凝重：「現在還沒到起牀的時間，一定是他們發現我們跑了。」

小嵐急忙使勁去推輪椅：「那我們趕緊走！要不他們開車追來，很快會追上我們的。」

但扁了胎的輪椅實在不好推，小嵐才推了十來米，就累得滿頭大汗，萬卡也沒了辦法，急得他用拳頭去捶自己的腿：「都是我這腿累事！」

突然，前面有把女子的聲音響起：「什麼人？」

小嵐和萬卡都嚇了一跳，一看，才發現前面路邊停了兩部車。有兩個人站在車子旁邊，朝他們看過

來。

「我們⋯⋯」小嵐剛在想怎麼回答，視線落在那個女子身上，眼睛突然一亮，「西西小姐？」

「你認識我？」那女子很是詫異。

說來也巧，這女子竟是瑞拉小姐生日宴會上，提出要比賽射箭的西西小姐。

還沒等小嵐說話，西西就認出她了：「啊，你是代表惠士登莊園參加射箭的那個女孩子！就是你害得我們查里家族沒了那塊地的，我還沒跟你算帳呢，今天你自己撞上來了。」

「啊！」小嵐一聽心裏暗暗叫苦。

她和萬卡交換了一下焦慮的目光。沒想到這西西小姐是那種心胸狹窄、記仇的人。這下麻煩大了。

幸好⋯⋯

西西小姐說：「哈哈，逗你玩的。我要恨也是恨瑞拉，不會恨你。說實話，我還十分佩服你呢！小小年紀，箭術那麼厲害。」

她看了看小嵐，又看了看看被帽子遮住大半臉龐的萬卡，一臉的狐疑：「咦，怎麼回事？半夜三更

的，你怎麼推着一個坐輪椅的病人出來。」

小嵐轉念一想，既然這位西西小姐是跟瑞拉不和的，自己何不利用這點，請她幫忙。有句話不是説，「敵人的敵人就是朋友」嗎？

小嵐説：「西西小姐，是這樣的。這是我哥哥，早前不小心摔斷了腿，瑞拉小姐不知什麼緣故，把他非法拘禁在惠士登莊園。我裝成應聘的人進入莊園當僕人，今天趁着黑夜把哥哥救了出來，本來想在半路截車載我們一程的，但一直沒看到有車子經過。剛才車胎又被碎石子弄破了，沒氣了，很難推動，正在發愁呢！」

西西小姐顯得十分憤慨：「啊，這瑞拉也真夠卑鄙的，怎麼做出這種無恥的事來。」

她又説：「我們的車胎剛才也被碎石札破了，車走不了，正準備換備用車胎呢。你們這輪椅現在肯定不能用了，推起來費勁不説，而且也走不遠。我們的備用車胎又不合輪椅用，幫不了你們。」

「唉，那怎麼辦呢！西西小姐，你能載我們一程嗎？」小嵐説。

西西搖搖頭：「不好意思啊！我們查里家族一向和惠士登家族不和，雙方關係緊張。最近情況稍有好轉，兩族還準備合作籌辦活動。我父親已經警告我，嚴禁我和瑞拉發生任何衝突。所以，我不能幫你，幫了你，那瑞拉肯定又借機生事。我會被父親罵死的。」

小嵐很無奈：「好吧！那我們走了，再見。」

小嵐使勁推動輪椅，卻不小心讓一邊車輪陷進了一個小坑。輪椅一顛，萬卡也側向一邊，蓋着頭的帽子脫落，露出他那張帥帥的面容。

「他、他他他，他不是王儲嗎？」西西眼睛睜得銅鈴般大。

萬卡黑着臉，把帽子戴回頭上。這些蠢女孩，怎麼都把他當成什麼王儲了。

小嵐歎了口氣，説：「他不是王儲，瑞拉小姐只所以把他藏起來，就是因為把他誤認為王儲了。」

西西半信半疑：「真的很像王儲啊！」

她想了想：「好，我幫你！不管他是不是王儲，反正我不能讓瑞拉的願望實現。你把他帶得遠遠的，

越遠越好，別讓那瑞拉找到。氣死她！」

小嵐正在努力把輪椅推出小坑，聽到西西說願意幫忙，很高興：「真的?!你願意幫我們?」

西西說：「嗯。你會開車嗎?」

小嵐點頭說：「會啊。」

西西指指身邊一部黑色車，說：「我借一輛車給你，你們自己開回市區。到市區後，你把車停在中心大廈停車場，我們會去取。」

小嵐大喜：「太好了！謝謝你。不過，你不怕挨罵了?」

西西說：「你開我朋友的車逃跑，瑞拉不會知道這車跟我有關的。」

小嵐說：「謝謝你，西西小姐。我是宇宙菁英學校學生，你以後如果去烏莎努爾玩，就去學校找我，你說找小嵐就行。我覺得我們能成為好朋友。」

西西說：「好，一言為定！」

因為怕瑞拉追來，大家沒再多說，幾個人一起把萬卡扶上了小轎車，然後互道再見。小嵐再向西西道謝，然後便把車開走了。

# 第十九章

# 我們被發現了

　　再說惠士登莊園這邊。小嵐和萬卡的預料沒錯，他們離開不久，就被瑞拉發現了。

　　好像有心靈感應似的，瑞拉天還沒亮就醒了。總覺得有事發生似的，她猛地從牀上坐起來，穿好衣服就往三樓跑。

　　要說目前最讓她關心的人和事，就是王儲這個人和王儲的安全了。

　　她連電梯也顧不上等，風風火火地跑上三樓，全忘了她的淑女風度。走廊上站着一個守衞，瑞拉問道：「裏面有發生事嗎？」

　　護衞說：「沒事，風平浪靜。」

　　瑞拉看了他一眼，還是不放心，直接走向王儲住的套間。

　　走廊上的護衞伸了伸舌頭。半夜時因為太睏，他

跑到客房睡了兩個小時，剛剛回來呢！幸好沒被瑞拉發現，不然就肯定被罵死了。雖然他是惠士登家族的人，還是瑞拉的親信，但瑞拉罵起人來，可是六親不認的。

這時瑞拉已走到大套間的門口，用手輕輕一推，門竟然開了。她心裏咯噔一聲，事情不妙！

瑞拉一把推開門，衝了進去。跑到王儲住的房間，她的心馬上涼了半截——牀上沒有人，王儲不見了！

「何希，何希！」瑞拉氣急敗壞地跑進何希房間，首先映入眼簾的是手腳被綑綁着一動不動的何希。這證實了她的猜想，出事了！

她走出門口，憤怒地看向走廊上的護衞，喊了一聲：「過來！」

護衞剛才見到瑞拉衝進去，已知情況不妙，這時見瑞拉出來喊他，心裏更加忐忑。逃跑已經來不及了，只好戰戰兢兢地走過去。

「等會兒再跟你算帳！」瑞拉惡狠狠地瞪了護衞一眼，說，「快找把剪刀來，把綑着何希的繩索剪

開。」

護衛急忙四下找剪刀，好不容易才找到，把繩索剪開了。瑞拉拚命晃動何希的肩膀，喊道：「何希！何希！你醒醒！」

過了一會兒，何希悠悠醒來，一看到瑞拉，趕緊用手撐着牀，坐了起來。她好像很困惑的樣子，說：「小姐，出什麼事了？我半夜起來上洗手間，突然有人從背後襲擊，然後就什麼都不知道了。」

「王儲不見了！」瑞拉萬分惱火。

何希大驚：「啊，王儲不見了！一定是襲擊我的那個人，一定是他打昏我之後，把王儲帶走了。」

瑞拉問：「是不是二王子的人？你有看見那人的臉嗎？」

何希搖搖頭：「沒看見。他在我後面襲擊我，我來不及回頭看，就昏倒了。」

瑞拉一跺腳，怒氣沖沖地說：「一定有內鬼！王儲的事知道的人就那麼幾個，知道是誰出賣消息，我絕不輕饒！」

她一回頭見到垂着頭的親信，隨即罵道：「都是

你！什麼風平浪靜？你剛才去哪了？去睡覺了吧！都怪我對你太好了！要是人找不回來，我再跟你算總帳！」

她找了三個家族親信來這輪流守着，就是覺得他們是自己人信得過，沒想到這位大少爺根本受不了苦，熬個夜都要偷偷躲去睡覺。

瑞拉說完就衝出了房間，她馬上召集了一支十多人的護衛隊，開着車衝上了通往外面的唯一的那條路。

何希站在窗前，看着那一串車子呼嘯着衝出了莊園，心裏很是擔憂。希望小姐不會追上小嵐他們吧！

再說小嵐和萬卡開着車，飛快地向市區駛去。萬卡在飛機失事時手也受了點傷，雖說問題不大，但也不適合開車，容易出問題。所以，車是小嵐開着的。

小嵐其實還沒拿到駕駛執照，因為她還沒到十八歲。但是，她之前跟萬卡學過開車，技術上已經合格，打算一到合法年齡就去考駕照。眼前這條路很闊，又沒有其他車子，所以開起來很順暢，不過為安全起見，小嵐也不敢開太快。

突然，後面隱約傳來汽車駛來的聲音，而且還不止一輛。萬卡和小嵐互相看了看，都提高了警惕。

車聲越來越近，萬卡扭頭一看，見到五六部車子飛快地開來。不對頭，那些車的車速太快了，快得有點不正常，不像是尋常出行的車子。

「小嵐，開快點！後面的車應是追我們的。」萬卡說。

「好！」小嵐一踩油門，車子開始加速。

但是，小嵐畢竟是新手上路，很快就被後面的車子追上了。最快的一輛銀色跑車想爬頭攔住小嵐他們的車，你追我趕的時候，兩部車的車身不時擦身而過，發出一陣陣刺耳的聲音。

「停下！」銀色跑車上有人搖下車窗，大聲喝道，「停車！」

小嵐沒理會，繼續開車。

另幾部車緊貼在小嵐開的黑色車後面，其中一部紅色跑車上，瑞拉坐在副駕駛座位。這時天已大亮，她清楚地看到，黑色車上坐着的兩個人，一個是王儲，另一個是小嵐。

沒想到，內鬼竟是她！瑞拉恨得咬牙切齒，兩眼冒火，彷彿想把小嵐咬成渣渣、燒成灰燼。

　　不對！但她馬上又想到了什麼。如果小嵐是二王子的人，奉命來劫走王儲，那一定會有其他人配合。即使是進不了莊園，也會派人在外面接應，而不會就這樣從始至終由一個女孩子來實行劫人行動，因為這樣太冒險，而且失敗的可能性太大。

　　難道……難道劫人是小嵐的個人行為？難道小嵐是王儲的……

　　瑞拉早就有所懷疑了。王儲被救之後，一直鬱鬱不開心，即使對着未婚妻的她，也沒給過一次笑臉。

　　但是，有許多次，她見到王儲摸着那隻戒指，臉上露出笑容，那笑容的溫暖，足以把她的那顆少女心融化。只是，瑞拉知道，那笑容不是給她的，是給誰的呢？可以肯定，是給跟那隻戒指有關的人。

　　她許多次去猜那個人是誰？王儲父母？不像！王儲的兄弟姐妹？也不像！莫非……每當瑞拉想到這裏都會一陣心堵，堵得她好像喘不過氣來。她想到了一個可能，跟那隻戒指有關的那個人，是王儲一直放在

心裏的，一個最愛的人送給他的。她痛苦的想着，是不是王儲在外國有了女朋友，而這戒指，是女朋友送給他的。

此刻看着前面車子裏的兩個人，瑞拉覺得自己已經知道了真相。她一會兒覺得渾身怒火在燒，王儲竟然愛上了別人；一會兒又覺得渾身冰冷，像掉到了冰窖，自己還有機會當王妃嗎？

小時候，瑞拉就偷偷地喜歡着大王子，因為大王子哥哥好帥好帥；長大了，她更瘋狂地愛着大王子，不過她愛的已不僅僅是他的帥氣了。隨着人的長大，她的野心也更大，她更愛的是他的地位，更愛的是王妃這個稱號帶給她以及她整個家族的榮耀。所以她才付出比別人十倍的努力去讓自己變得更優秀，所以當王儲失蹤之後她才扔下一切，找遍了東芒國的每一個角落，心力交瘁。

沒想到，現在卻是這樣的一個結局——王儲竟然愛上了別的女孩。如果不是刻心銘骨的，王儲不會在失憶的情況下，還會信她，跟她走。瑞拉心裏好恨，恨得牙都要咬碎了。

正在時候，追趕的人很明顯地察覺到，那輛黑色車開始減速了，慢慢地停了下來。

小嵐明白以自己的開車技術無法跟那幾部追趕的車子比，另外更是為了萬卡，她不想由於車速過快而出事，因為萬卡的身體，經不起又一次的撞擊。

六輛車子把黑色車團團包圍着，車門打開，瑞拉和一班護衛走下車。

# 第二十章
# 真王儲李爾

小嵐讓萬卡坐在車裏，自己打開車門下了車。頓時，以瑞拉為首，一幫人虎視眈眈地看着她。

瑞拉惡狠狠地對小嵐説：「我只恨自己看走了眼，把你這個禍害留在莊園。」

瑞拉又對萬卡説：「李爾哥哥，她是什麼人？你不是失憶了嗎？你為什麼要相信她跟她走，拋下我這個未婚妻！」

已經恢復記憶的萬卡，神情清冷，説話也冷冷的：「瑞拉小姐是吧，我不需要向你解釋什麼，我並不是你的什麼未婚夫。」

沒回到安全的地方，萬卡不可以説出身分。所以無法直接説出自己是烏莎努爾國王。

瑞拉眼圈頓時紅了，她感到很委屈：「你太過分了，我可是國王親自選出的儲妃啊！」

她用手指着小嵐，質問萬卡：「是不是她，是不是這個人蠱惑了你，讓你連未婚妻都不要！」

小嵐説：「喂喂喂，拿開你的手指，真沒見過這樣的怪人，未婚夫是可以亂認嗎？」

瑞拉本來就恨小嵐，見到她這樣説，更是氣得跳腳：「來人，把這個人抓起來，再把她的嘴堵上，別再讓她哄騙李爾哥哥。」

一班護衛聽了，就上前要綁小嵐。

「誰敢！」萬卡國王怒眼圓睜，大喝一聲。萬卡本身是國王，他的氣勢不是尋常人可比的。

眾護衛嚇了一跳，竟然不敢動手。之前他們只是知道眼前這位是瑞拉小姐一個很重要的人，但畢竟不知道他真實身分。剛才聽到瑞拉小姐一番話，他們都有點心驚，這人竟是他們的王儲、瑞拉小姐的未婚夫！

不過，好像這只是瑞拉小姐單方面的説法，問題是人家不認呀！

眾護衛好像發現了什麼八卦，這八卦還有點嚇人。所以一個個都縮回去了，還是站一旁看熱鬧比較

好。不管這人是不是王儲，還是別的什麼人，反正看上去是一個不能惹的大人物。

瑞拉見到護衛們竟然被萬卡一聲喝給嚇回去，簡直把她的臉全都丟盡，氣得用手朝他們逐個點：「好好好，我記住你們了。」

你們不來，我來！淑女瑞拉也是氣糊塗了，竟然踏着高跟鞋，「踏踏踏」地就奔小嵐而去，她要親手抓住這個破壞了她王妃夢的女孩！

小嵐一見，哇，怎麼來真的！雖然她相信自己能贏瑞拉，但她怕被誤傷呀！要是被瑞拉的長指甲抓到臉上，破了相怎麼辦？於是，她兩手按着黑色車的車身，往上一躍，就躍到了車上，她站在車頂，雙手叉腰，説：「上來呀，上來抓我呀！不來抓我是小狗！」

瑞拉本身就沒有小嵐身手敏捷，再加上她穿着高跟鞋，還穿着緊身的套裝小短裙，當下用雙手扒着車身劃拉了很久都爬不上車頂，只好用手指着小嵐，呼呼的生着氣。

她又羞又惱，指着那班護衛喊道：「今天不把他

們帶回惠士登莊園，我就把你們炒掉！」

護衛們看一眼萬卡，又看一眼瑞拉，心裏都很糾結。得罪哪個都沒好下場啊！做一名護衛怎麼就這樣難呢？

正在僵持着，忽然聽到路旁的灌木叢後面出現了沙沙的聲音，接着有人重重地歎了一口氣，在清晨的靜寂中顯得格外詭異，令人毛骨悚然。

是人是鬼？

護衛隊長馬上喊了一聲：「保護瑞拉小姐！」

之前被王儲嚇到，令瑞拉小姐生氣，這次一定要將功補過了。所以隊長顯得特別的果斷和英勇。

「誰在那裏？快出來！」隊長邊喊，邊指揮護衛把灌木叢包圍起來。

灌木叢後面坐着一個人，當護衛們看到那人的臉容時，全都呆若木雞。

啊啊啊，真是見鬼了！不不不，比見鬼還令人驚悚。怎麼車上坐着一個王儲，這灌木叢後面也坐着一個王儲？

瑞拉見到一班護衛好像被施了定身法般站着不

動，便問：「怎麼了？是人還是野獸？」

護衛們這才散往兩邊，那個坐着的人也站了起來，進入了所有人的視線。這回輪到萬卡、小嵐和瑞拉吃驚了。

萬卡愕然：「怎麼跟自己這麼像？」

小嵐詫異：「羅爾泰怎麼在這裏？」

瑞拉最是震驚，她嘴巴張得可以塞進一隻雞蛋，半天才回過神來，聲音顫抖地問：「你、你是誰？」

那人慢慢地走了出來。他先看看車頂的小嵐，又看看車裏的萬卡，說：「抱歉，給你們添麻煩了。」

然後看向瑞拉，眼裏不帶感情：「我是王儲，李爾。」

瑞拉眼睛睜得大大的，整個人都糊塗了。怎麼會有兩個王儲，哪個才是真的？

李爾從背包裏抓出一個物件，亮給所有人看，瑞拉的呼吸頓時變急速，那物件是圖也國王子們的身分信物——一隻刻着飛鷹的銀戒指。

她嘴唇顫抖着，天哪，上天為什麼給自己開了一個這麼大的玩笑，原來之前真的認錯了人。

李爾收回手，他轉身對小嵐説：「小嵐，對不起，我之前沒跟你説出真實身分。現在就讓我將功補過吧！羅一在路口的小亭子裏，你讓他用直升機送你們回國。你拿着這戒指去，羅一見了就知道是我的意思。戒指交羅一帶回給我。」

小嵐笑着説：「沒事！做錯事的不是你，何況你之前幫了我很多。」

她跳下車頂，接過戒指。她沒有跟李爾客氣，因為這是迅速返回烏莎努爾的最好方法。

「謝謝你！聽説你並不想當王儲，所以才躲了起來。」小嵐有點小八卦。

李爾苦笑着：「是的。我自小就想當一個畫家，自由自在地徜徉在天地之間，畫盡世界上所有的美。要不是不想給你們製造麻煩，我是不會現身的。你們趕緊回國吧！」

他又對萬卡説：「兄弟，咱們倆長得這麼像，也是一場緣份。祝你好運，後會有期！」

萬卡笑着説：「祝你好運，後會有期。」

小嵐朝李爾揮揮手，鑽進黑色車子，車子絕塵而

去。

李爾揮揮手，看着車子越來越遠，變成一個小黑點。他長舒了一口氣。

今天也是一場巧遇，也許是上天也在幫助烏莎努爾吧！

李爾之前把小嵐送來圖也國，便留了下來，到處去寫生。昨天，羅一告訴他，這條公路有一段是在江邊，那裏可以看到太陽躍出水面的震憾場面。所以，今天他天還沒大亮就讓羅一開車，來到了這裏。

羅一在小亭子裏補眠，而李爾就在江邊找了個地方坐下來。他果然看到了美麗壯觀的日出，正想畫下來時，背後公路上急促的煞車聲和碰撞聲驚動了他。他從灌木叢的縫隙中看出去，看到了一切，也聽見了一切。他也認出了那個跳上車頂的，就是之前在南山國海邊，哭着找哥哥的女孩。

李爾是個心思縝密的人，結合之前烏莎努爾代表團飛機墜毀、小嵐尋人，以及黑森國海上挑釁的事，他大概明白發生了什麼。

一年前他和皇室切斷聯繫，一是因為不想當這個

王儲，二是因為不喜歡瑞拉這個硬塞給他的未婚妻，但見到因為自己而令小嵐和萬卡國王陷入麻煩，無法脫身回國，他只好暴露身分，讓瑞拉不再糾纏下去。

「王儲。」身後響起瑞拉的聲音，「回皇宮吧，你不回去，儲位就是二王子的了。」

李爾看了她一眼：「我不希罕。他想要就給他吧！」

瑞拉的臉色瞬間變得蒼白，腦子嗡嗡響。完了，完了，她彷彿看到王妃那頂桂冠呼一聲飛走了，飛得越來越遠。

她一跺腳，轉身上了跑車，一踩油門，跑車瘋了似的往前駛去。

一班護衛急忙上車，追了上去。

李爾笑了笑，果然是衝着王妃的位子來的。這樣的未婚妻，不想要。

李爾坐回原來的位子，拿起畫筆，繼續描畫眼前美景。

# 第二十一章

# 你要戰，我就戰

清晨，海上風平浪靜，藍色的天空和藍色的海洋連成一片，讓人分不清哪是天，哪是海。

但醜惡的侵略者卻破壞了這種美好。黑森國的十多艘巡洋艦，闖入烏莎努爾領海，進行軍事挑釁。

烏莎努爾國防指揮部裏，一張長方形會議桌旁坐着萬卡國王，以及國家最高部門的所有負責人。坐在主位的萬卡國王腰背挺直、臉容堅定，他一雙細長的丹鳳眼閃着寒芒，銳利無比，緊盯着對面牆上的巨幅顯示屏——那裏是烏莎努爾海域邊境上，黑森國艦隊軍事挑釁的現場情況。

萬卡國王眼裏閃出輕蔑的神情，用他充滿霸氣的年青聲音說道：「我們烏莎努爾人反對戰爭，但我們不畏懼戰爭！你要戰，我就戰！」

他手一揮，沉聲喊道：「我命令，白鯨艦隊，出

擊！」

隨着國王的一聲命令，五艘重型核動力巡洋艦起航，乘風破浪，保家衛國，銳不可擋！

萬卡國王又發出第二道命令：「我命令，雄鷹戰隊，出擊！」

在國王堅定的聲音中，一架架新型的戰機飛上長空，所向無敵，展示着烏莎努爾強大的軍力，以及烏莎努爾人民無畏的決心。

指揮着這場侵略戰爭的黑森國海軍司令被驚到了。看着對面一艘艘巡洋艦毫不畏懼地衝向他們的戰艦；看着無數戰機在他們艦隊頭上盤旋，隨時會扔下炸彈讓他們的戰艦灰飛煙滅，他心驚膽戰地向上面請示：「國王陛下，戰還是退？」

黑森國國王看着大屏幕上的實時情況，心裏打了個顫，烏莎努爾人的勇氣和強大的軍事實力，已讓他產生怯意，覺得如果打起來，黑森國必敗無疑。

他又氣又恨，心中怒火無處發洩，便轉身打了情報處長一巴掌，罵道：「廢物！你不是說萬卡國王飛機失事死了嗎？怎麼還活生生地發布命令？」

情報處長捂着臉，結結巴巴地說：「對不起！」

國王氣呼呼地給海軍司令發命令：「返航！」

海軍司令聽了，頓時鬆了一口氣，因為他根本不想打啊！

烏莎努爾國防指揮部裏，人們發出一陣歡呼：「敵人撤退了，撤退了！」

萬卡國王冷哼一聲：「不能就這樣便宜他們。首相先生，請你馬上召集有關部門會議，儘快對黑森國展開貿易制裁，停止各種原材料供應。要讓他們知道，烏莎努爾人不可欺！要讓他們知道，做壞事是要付出代價的！」

「是，國王陛下！」萊爾首相應道。

萬卡國王微笑着，拿起手機，打給小嵐：「他們逃了。」

電話那頭，小嵐和曉晴曉星三人一齊歡呼起來：「太好了！」

小嵐說：「萬卡哥哥，今晚來媽明苑吃火鍋，咱們慶祝一下。」

萬卡笑着應道：「好！」

**公主傳奇39**

## 尋找萬卡哥哥

作　　者：馬翠蘿　麥曉帆
繪　　畫：滿丫丫
責任編輯：胡頌茵
美術設計：李成宇
出　　版：新雅文化事業有限公司
　　　　　香港英皇道499號北角工業大廈18樓
　　　　　電話：（852）2138 7998
　　　　　傳真：（852）2597 4003
　　　　　網址：http://www.sunya.com.hk
　　　　　電郵：marketing@sunya.com.hk
發　　行：香港聯合書刊物流有限公司
　　　　　香港荃灣德士古道220-248號荃灣工業中心16樓
　　　　　電話：（852）2150 2100
　　　　　傳真：（852）2407 3062
　　　　　電郵：info@suplogistics.com.hk
印　　刷：中華商務彩色印刷有限公司
　　　　　香港新界大埔汀麗路 36 號
版　　次：二〇二四年六月初版

ISBN：978-962-08-8392-7
© 2024 Sun Ya Publications (HK) Ltd.
18/F, North Point Industrial Building, 499 King's Road, Hong Kong
Published in Hong Kong SAR, China
Printed in China